# 正义的伙伴

[日]佐藤圆 著 [日]石山梓 绘

贺迎 译

中信出版集团 | 北京

图书在版编目（CIP）数据

正义的伙伴 /（日）佐藤圆著；（日）石山梓绘；贺迎译 . -- 北京：中信出版社 , 2023.7
ISBN 978-7-5217-5495-7

Ⅰ . ①正… Ⅱ . ①佐… ②石… ③贺… Ⅲ . ①儿童小说—中篇小说—日本—现代 Ⅳ . ① I313.84

中国国家版本馆 CIP 数据核字（2023）第 072222 号

SEIGI NO MIKATA
Text Copyright © FROEBEL-KAN CO.,LTD
The original author is SATO Madoka
Illustration © ISHIYAMA Azusa
First Published in Japan in 2020 by Froebel-kan Co.,Ltd.
Simplified Chinese Translation copyright © 2023 by CITIC Press Corporation
Arranged with Froebel-kan Co.,Ltd. through Rightol Media Limited.
ALL RIGHTS RESERVED
本书仅限中国大陆地区发行销售

正义的伙伴

著　　者：［日］佐藤圆
绘　　者：［日］石山梓
译　　者：贺迎
出版发行：中信出版集团股份有限公司
　　　　　（北京市朝阳区东三环北路27号嘉铭中心　邮编　100020）
承　印　者：北京中科印刷有限公司

开　　本：880mm×1230mm　1/32　　印　张：3.25　　字　数：72千字
版　　次：2023年7月第1版　　　　　印　　次：2023年7月第1次印刷
京权图字：01-2023-2175
书　　号：ISBN 978-7-5217-5495-7
定　　价：25.00元

版权所有·侵权必究
如有印刷、装订问题，本公司负责调换。
服务热线：400-600-8099
网上订购：zxcbs.tmall.com
投稿邮箱：author@citicpub.com

# 作者的话

　　一些对大人来说无足轻重的事情，有时在孩子们看来却是天大的事情。

　　我在孩提时期也和阿木一样有红脸症，为此非常苦恼。低年级时期还不会这样，慢慢地变得越来越严重。班里也有一个大我这样的少年，每天都会被他捉弄。我也害怕在人前讲话，如果上课时被点名便会如临大敌！自己一辈子就这样了吧？我也曾如阿木一样为此烦恼不已。那时的我特别羞怯，以至于现在谁都不敢相信我会变得如此从容自信。进入高中后，我在某种意义上有了改变，渐渐地我不再会脸红。

　　其实，即使现在我在做演讲时，也仍会感到紧张，毕竟被众多目光注视着。一旦快要脸红时，我就会自己给自己念咒语："即使脸红也没什么大不了嘛！"然后，我就能逐渐平复下来。

　　不只是红脸症，大家肯定也会为别的事情而烦恼吧？在这些烦恼中，有很多会随着时间而消逝。有的是问题自然而然地消失了，有的则是自己能够解决了。

　　我想，解决问题的关键是——鼓足勇气。当然，我们不能马上成为正义的伙伴，而且自己也未必总是正确。现实的风气有时也是阻碍我们的一个因素。真正的正义是什么？这或许是个难以解答的问题。

　　但是，如果我们所有人都能拿出一点点勇气，不随波逐流，而是用自己的头脑进行思考之后再采取行动，那么事态就有可能会一点点地向好的方向转变。正是基于这种想法，我写下了这个故事。

佐藤圆

## 目录

1 登场 ………… 001
2 纯粹的谎言 ………… 012
3 绝技 ………… 021
4 番茄人 ………… 029
5 祥和的一天 ………… 040

6　大我的膨胀…………044

7　正义伙伴的工作…………053

8　腮腺炎…………060

9　帮助人…………069

10　周一来了…………079

11　只需要一点点勇气…………089

# 1 登场

还有六行……

坐我前面的川上正在流利地朗读着课文。

真棒啊!就像电视台的播音员一样。

还有五行……

下一个就是我了。虽然还没点到我的名字,我的脸却已经开始发烫了。

哎呀,又开始了。只要一感到害羞,我的脸就会变得通红。无论我怎么试图阻止也无济于事,因为脸总是不由自主地就红了。

这种时候,为了不让大家看到我的脸,我只有低着头,用双手捂住滚烫的耳朵,将脸藏起来。

啊!下课铃声能否快点儿响起啊?!

"川上同学朗读得非常好!嗯……还可以再来一个人吧?

那么，下一个，木下！"

"好，好的！"

我只好一面答应着，一面故意拖延时间。

我缓缓起身，"啊"地叫了一声，故意将课本掉在了地上，再磨磨蹭蹭地去捡。然后，像慢镜头似的慢吞吞地站了起来。

尽管连我自己都觉得很难堪，但是让我在四年级新分班级的第一堂课上朗读，这绝对不行！

我一边站了起来，一边偷偷瞄了一眼前面，老师正用严厉的目光盯着我。被识破了吧？我是故意的。这种时候，坐在前面第二排座位真不好，老师看得太清楚。

我的脸越来越烫，犹如着火一般！

我将课本拿在手里，不知为何竟咳了起来。

啊，行了，必须开口了……

然而，就在这时，下课铃响了。

太好了！

"那么国语课到此结束。各位同学，后面的部分请继续在家朗读。请练习大声地、清晰地朗读！"

呼——我松了一口气坐下。虽然脸还是很热，但是只要再过一会儿，就能恢复成往常那种白如豆腐般的脸吧。

"下堂课从木下同学你开始啊！"

说完老师走出了教室，我不禁叹了口气。

是啊，下节课我是头一个呢！这样恐怕我会更加紧张吧。哎呀呀，早知如此还不如不要拖延时间，赶紧读完多好啊……

正当我这么胡思乱想着，耳边传来了震耳欲聋的声音：

"哇——！木下的脸全红啦！"

我慌忙趴在了桌子上。

听这声音一定是田中大我。我怎么会跟那家伙同一个班呢？而且他就坐在我斜后方，离我也太近了！

三年级时的同学曾因为大我的事儿向我大倒苦水。说他一、二年级时被大我欺负，非常苦恼。他还喋喋不休地说，尽管每年会重新分班，他却连续两年都跟大我分在了同一个班级，真是太倒霉了！因此，我也祈求不要跟那个田中大我分在同一个班级，但是……

"快看啊！都红到耳根了！跟个番茄似的！"

大我话音刚落，班里哄堂大笑。

大我经常这样放肆地胡说八道，为什么他好像还很受欢迎呢？今天早上他刚进教室，就将外套脱了，弄成披风状系在脖子上。

"当，当当——！世界上最强的摔跤手、大虎[①]选手登场啦！"为什么他说着这样的蠢话，却为大家所认可呢？

或许是又气又羞的缘故吧，我的脸越来越烫了。

哎哟！疼！

---

[①] 日语中"大我"和"老虎"的读音极其相似。——译者注

我的左耳被人一把揪住了,我厌恶地抬起了头。

"那个——番茄,煮过头了哟!快点把火关了!"

大我在一旁夸张地用手啪嗒啪嗒地扇着。

笑声再次响起。我觉得班里的同学好像都在看着我这边。事已至此,再遮挡脸已毫无意义,但我仍在思忖着,是继续趴在桌上呢,还是逃到走廊上去……

就在这时——

"别闹了,田中君!"

教室里响起一个洪亮的声音,山口周一走了过来。

"这样捉弄人不好吧?"

啊!终于来了!正义的伙伴!

虽然我很讨厌大我,但是周一也是个惹人烦的家伙。只见他腰杆挺直,目光如炬。这是要除暴安良吗?

"你干吗啊,山口口口?"

听到大我这样叫他,我强忍住没有扑哧一声笑出来,然而周围却一片爆笑。

"别扫兴了!我只是在跟这家伙逗着玩儿呢,并不是捉弄他。对吧,木下?"

大我望向我的眼睛。

"是吧,木下?"

大我又将脸靠近我。和他的态度一样,他的脸也很嚣张,他的眼睛、鼻子和嘴巴全都很大。迫于这种压力,我溃败了。

"是,是的……没什么。"

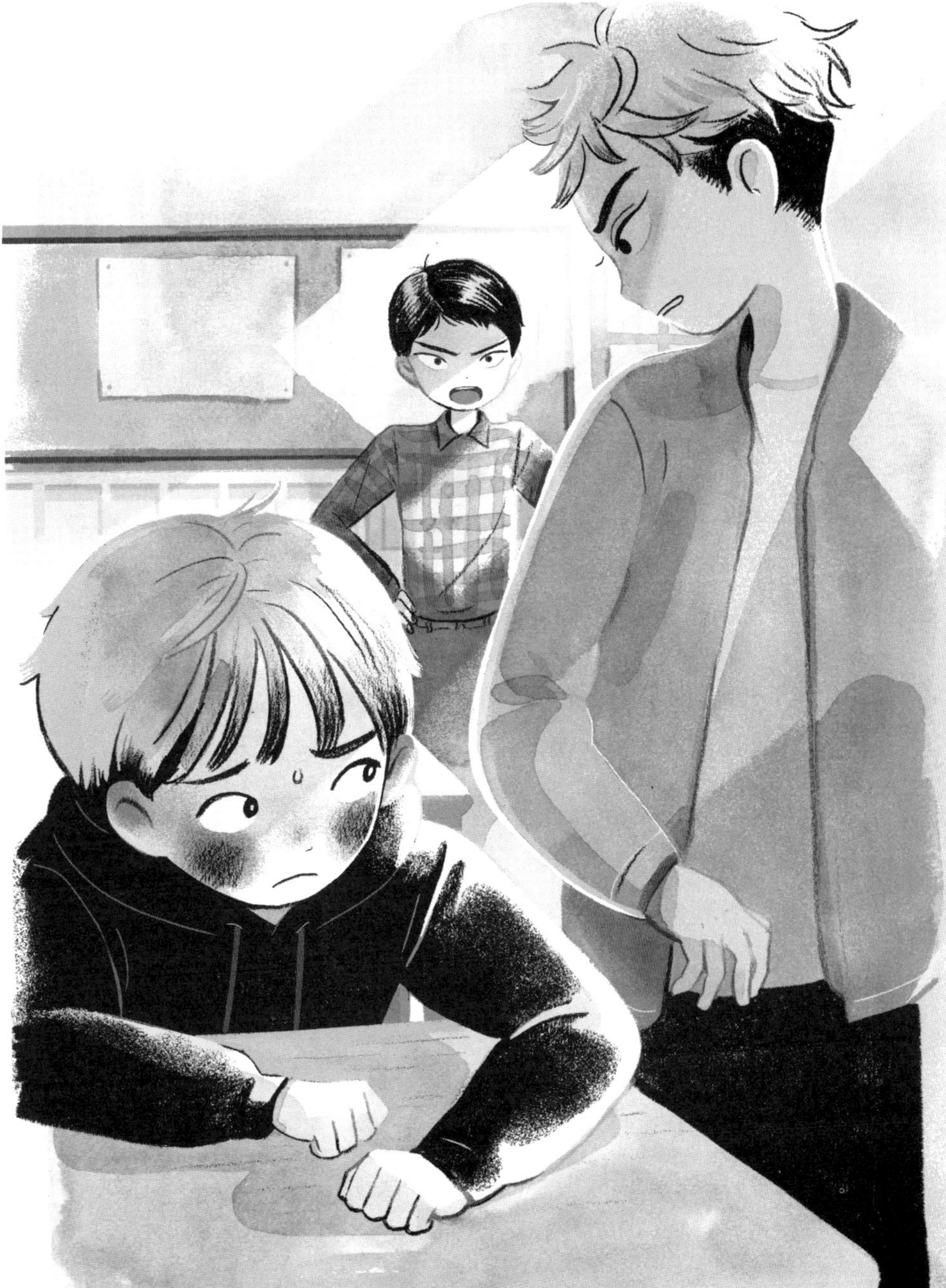

我的视线开始游离。

"你看,连他本人都这么说了,所以你就不要多管闲事了,山口口口。我俩是好朋友才这样的嘛。"

什么好朋友啊……本来我想反驳他,却没有这样的勇气。

而且说实话,周一的拔刀相助反而给我带来了麻烦,使我无谓地成了众人注视的焦点。

我心里希望周一快点儿走开。因为不可理喻的是,与大我相比,我更烦周一。

周一总是一副正气凛然的样子。二年级时虽然我跟他同班过,但是不知为何我俩并不合拍,几乎没有说过话。

当我注意到周一也在新班级时,我赶紧移开了视线。然而,我身后立即传来了周一的声音:"木下君,我们又同班了呢。"不知为何,对此我产生了不好的预感。

二年级时,或许我还不像现在这样爱脸红,所以不曾被人捉弄过。也可能是因为有比我更受人讥笑的孩子吧。

新学期刚开始,有个孩子就因为憋不住尿,在教室里尿湿了裤子。看到他脚边洒落的一摊尿渍,大家都讥笑那个孩子。

这时,周一跑了过去,为他仗义执言:

"嘲笑遇到窘境的人,这样不好吧!"

虽然讥笑声戛然而止,然而同学们开始在他背后戳戳点点,窃窃私语,这种状况一直持续到了下一次尿裤子发生。这孩子变得越来越自卑。

如果当时第一次发生这种情形时,大家只是"啊,尿裤子了"这样笑话一番，或许这事儿也就到此为止了吧。

这个孩子受此影响，一直被大家私底下称作"遗尿鬼"，他始终不太适应这个班，秋季便转学走了。据说是他父亲工作上有调动，因此也可能跟尿裤子事件没啥关系吧。

虽然周一可能想成为"正义的伙伴"，但他却有些不识时务。他总是一本正经，经常说一些"正直"的话，显得他卓尔不群。

"真是多管闲事的家伙啊！我只是开个小小的玩笑而已。"

大我的声音瞬间把我拉回到了现实中。

"不是的，田中。你最好不要再捉弄谁了。你是想寻开心，但是木下君却有可能受到伤害。"

啊，是啊，完全正确的意见。

"果真是有才呀！"

"说得没错呢。"

"大虎，正如山口口口所说，伤人就不好了哟！"

众人七嘴八舌地附和着，大我哼了一声，闭上嘴，咚地坐下了。

周一看了看大我，像是认同似的点了点头，接着又看着我，竖起了大拇指。

啊——这已经很丢人了！就别再竖大拇指了！

脸会变红，这好像叫作红脸症。

不论是学习成绩还是运动神经，我可能都很普通。顶多算中上等吧。总之很普通。我也想一直普通下去。

如果这张脸不变红，没准我的人缘还不错。

本来我想用噱头逗人开心。尽管我想到了拙劣的笑话，但还没说出口，它就嗖的一下遁形而去。

如果不脸红，或许我能更加自信。虽然我没有任何特长，长得也不帅气，但是我想我基本算普通的水平吧。

然而，为何我会得红脸症呢?！

我第一次发现自己有红脸症是在三年级的时候。上课时我正犯困，被老师点名后我慌忙站起来，牛头不对马嘴地回答了一番问题，引起哄堂大笑。向来默默无闻的我，头一次成为班里全体同学视线的焦点，我的脸和耳朵犹如燃烧一般变得滚烫。

自此之后，只要有人盯着我看，我就会脸红。不仅如此，只要我认为可能有人在看我，我就会脸红。意识到这点之后，我便再也没法阻止脸红了。

尽管我也遭人轻微嘲笑过，但幸好三年级的班里没有大我这样的家伙存在。可是，即使我对红脸症厌恶至极，也拿它毫无办法。

"哎呀，脸会变红，多可爱啊，这不是挺好的吗？"

大人们都这么说。

但是，如果我长大了以后也这样，怎么办？

三年级期末，我在学校做了一份有关"未来的梦想"的调查问卷。

本来我想这样回答：

"当演员。"

因为可以扮演各种各样的人，一定很有意思吧。

但是，这肯定不可能。因为演员必须头顶聚光灯，被大家一动不动地注视着。

那么，我还能做些什么呢？

像爸爸那样当个销售也不行，当个银行窗口的办事员可能也不行。只要客户看着我，我就会脸红，这有点儿不像话吧。

当学校的老师肯定也不行，这种必须在人前说话的工作我全都不行。也就是说，我能做的只有那些一个人能单独完成的事情。

诸如对着电脑屏幕工作的程序员？

抑或是不用跟客户打交道的工匠？

做信息搜索员怎样？

当时，经过认真思考，最终我这么写道：

"还不知道。"

长大后就会好的，之前妈妈曾这么说，然而我觉得我的红脸症一年比一年严重了。

我不由得叹了口气。呼出的气儿喷到了我的膝盖上。我又深深地叹了口气，这次呼出的气儿好像穿过了膝盖，渗入了地板深处……

　　这时，坐在前座的川上瞳转过身来，轻轻笑出声来。

　　嗯？我的脸有这么古怪？

　　我的脸好像又开始变红了。

　　"行了，没什么！"

　　川上同学这么简短地说道。

　　"啊？"

　　我不禁问道，川上同学一动不动地看着我。

　　"脸红没什么，又不是什么大事儿，大家却大呼小叫的，真是的！"

　　"呃……"

　　川上同学刚转回身去，老师就走进了教室。

　　咦？

我注意到我的脸并没有变烫。被川上同学一动不动地盯着看,好像我并没有脸红。

这是为什么?我刚才被她一动不动地盯着看呢!她可是三年级时我时常在走廊遇见、觉得很可爱的川上同学!

不过,川上同学说话这么直言不讳,跟她的长相有些不符呢。

尽管如此,此时此刻,这番话却给予了我鼓励。

正这么胡思乱想着,我的脸突然发热起来。

这是怎么了?延时攻击?

## 2　纯粹的谎言

放学时，我不想跟任何人一起走，走出校门后正欲加快步伐，就听到背后传来叫声。

"木下君——"

噢，这个清脆的金属般的声音属于周一。

我装作没听见，快步走着。

"木下守君——！"

这声音追了上来。

平时也叫全名？这让我很不好意思。

我加快了步伐，几乎要跑起来的时候，我的双肩包被人啪地敲了一下。哎呀！

"没听到我叫你吗？害得我拼命地追你。"

周一气喘吁吁地在我身旁说道。

"啊，抱歉。没听到。"

这真是"纯粹的谎言[①]"!我的脸颊又开始发烫了。

我不会撒谎。因为即使没被人看穿,只要一撒谎,我的脸就会立即变得通红。当然连耳朵也会变红。即使我把脸遮住,也会很快就露馅。现在估计已经红到脖子了。像是在宣告:此刻我正在撒谎。

"刚才真不错呢。田中大我君终于算明白了。"

"没有吧……"

为了不让他看到我脸红了,我将脸扭向一边说道,步子跟刚才一样快。

或许我应该说"谢谢你帮助我"之类的话。但是,实际上我并不太高兴,所以我也不想说谢谢。

"我觉得大我并没怎么明白。"

"嗯?是吗?"

周一还真是迟钝。

"嗯。估计没明白,他只是觉得怕惹麻烦吧。"

"是吗?"

我感到脸上的热烫正在逐渐消散,我有点儿不耐烦地看着周一。

周一犹如泄气了一般愣住了。

"你可能不太了解大我,那家伙……"

我一边看着周一一边说着,差点撞到走在前面的女生。我

---

[①] 日语直译是"通红的谎言",一语双关了作者一撒谎就脸红的红脸症。——译者注

顿时失去了平衡,不由自主地抱住了红色的双肩包。

"啊,对不起!"

被连累得差点摔倒的正是坐我前桌的川上同学。

川上同学瞪着我和周一,说:

"走路请好好看着前面!"

"对不起!"

尽管我真诚地道歉了,但是川上同学仍然瞪着我。

"不注意前方,要摔倒的话就自己摔,干吗要殃及他人?"

咦?川上同学居然是这么厉害的角色?尽管我不是今天才知道她是个伶牙俐齿的人,但是也没想到她口舌会凌厉到这种程度。

"对不起,那个什么,突然……"

眼见着我的脸又要变红了,周一急忙帮腔道:

"川上同学,我也没留意到你在前面,岂不也得跟不注意前方的人同罪?"

川上同学扑哧笑了。

"那不是开玩笑嘛!"

"嗯,问个认真

的问题,为什么?"

这次是我扑哧笑了。

"川上同学、木下君,为什么你们都笑了?"

周一又愣住了。

"因为你一脸认真地说'同罪',有点儿夸张,是吧?"

川上微微点了点头。

"山口果真是个怪人呢。"

"嗯?是吗?我哪儿怪了?对我来说,我倒觉得川上更有个性。"

听了周一的回答,川上又咯咯地笑了。周一依旧一头雾水。

"山口呀……"

川上刚开口,周一就举起了手。虽然不是在上课,但他还是规规矩矩地举起了手。

"那个……川上同学,称呼别人名字的时候,我觉得最好加上'同学'吧。"

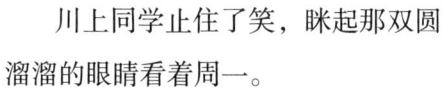

川上同学止住了笑,眯起那双圆溜溜的眼睛看着周一。

"嗯。不过叫我川上也可以吧?"

"不行,我反对直呼别人名字。"

我想尽力缓和一下这种异样的

气氛，于是慌忙插话道：

"那，那个……无论叫我木下还是守，或者外号都可以。三年级时，大家都叫我阿木。"

川上同学点了点头。

"我明白了，那叫你阿木吧。你们也可以叫我瞳！"

"嗯，那叫你小瞳吧。"

我说完，周一也点头表示同意：

"我也这样叫吧。因为不论什么名字，直呼女孩子名字，我都有点不太喜欢。"

"还是那么认真啊，周一。"我正这么想着，小瞳又咯咯地笑了起来。

"怎么叫我都可以。那你想让我们怎么称呼你？山口君、小山、周一、小周、山口口口……"

小瞳如数家珍地说着，我不禁笑了，周一则把头摇得像拨浪鼓。

"别叫我山口口口了。嗯……虽然外人经常叫我的全名……但是我爸妈一直叫我周一。"

"那是当然。妈妈也叫山口，不可能叫儿子山口君！那叫你周一可以吧？阿木和周一。"

我和周一不禁对望了一眼，点头同意了。

不知为何，小瞳的讲话方式有点儿凌厉，跟她笑嘻嘻时判若两人。

对于与我头一次成为同班同学的小瞳，今天我略微观察了一下她。

小瞳在休息时会独自看书,但是如果有人跟她交谈,她会正常应答,被老师点名时她也会声音洪亮、干脆利落地回答问题。

而当大我等人捉弄我,大家都看向我这边哄堂大笑时,唯独小瞳连头都不回一下。

不跟周围人同流合污的小瞳,在我看来犹如来自另一个世界的人。然而,今天这样交谈起来,我却发现她很好说话。虽然她的说话方式直率得令我吃惊,但是她也经常会笑。

"大我为什么会那样?刚才你们不正在讲这个事儿吗?"

三人并排走着时,小瞳这样问道。

"是呢,小瞳同学。我呀,对木下君……"

周一刚一这么说,小瞳便站住了。

"加上'同学',总觉得有点生硬,别再这么叫了。"

"啊,嗯,是这样呢,小瞳。刚才田中君捉弄木下……阿木时,我提醒他注意后,他应该就明白了吧?但是,阿木说不是的,你怎么看?"

小瞳向前走着,听后点了点头。

"啊,那个事情啊……大我也许并没有明白,他只是因为扫兴才放弃的吧。"

就是啊,我也有同感。这时,周一却叫了一声,然后说:

"小瞳也这么认为吗?"

"嗯。我自从三年级刚开学时转到这个学校以来,就一直和大我同班。大我那时跟现在一个德行，我觉得他根本没认识到他是在捉弄人。"

"是吗？"

"可能吧。因为他看上去并无恶意，一副若无其事的样子在嬉闹呢。"

我内心也认同这一点。是的，大我就是这样子的。正因如此，性质才更为恶劣。然而，周一却歪着头若有所思。

"也许吧。不过，为什么田中君会那样呢？难道是因为他的家庭有什么问题吗？所以他想释放压力？"

小瞳惊愕地看着周一。

"周一，你不会真的认为家庭有问题的人都会因为压力而想去捉弄人吧？你这样下论断，不过分吗？"

"呃，不是的。"

周一慌忙用双手在面前摆动着。

"我只是不明白田中君捉弄人的原因。"

小瞳瞪着周一。

"没有什么理由不行吗？"

"这种事情倒也有……"

"是吧？公开课时，大我的父母一起来学校了，两个人看上去都很和蔼，貌似很宠爱大我。我感觉那是个幸福的家庭。而且，大我三年级时在班里很有人气呢，毕竟他又有趣、又帅气嘛。"

小瞳气势汹汹地说完后，大吐了口气。

"是呀。那他为什么要一个劲儿地捉弄人呢？"

周一微微低下了头。

"呃，可能大我觉得他只是在做让自己快乐的事儿吧。又或许他只是想活跃气氛吧。唉，怎么说呢？他对别人的心情完全……"

我看小瞳歪着脑袋思考着，于是接着说道：

"钝感，好像是？"

"是的，就是这样。"

"嗯。"

周一一脸的质疑。

其实在我看来，无论是对他人的心情还是对周围的氛围，周一才相当钝感呢。

"不管怎样……"小瞳来回看着我和周一说，"大我那人，只是幼稚。那家伙即使捉弄人，也不是什么大事。如果你全都当真了，他会更加觉得好玩，从而变本加厉。要我说，对此你完全不必介意。"

我有点儿恼火。正当我想说话时，周一大声说道："不是的！"

"那样不对吧？对于你来说这可能不是什么大事，但是对于受捉弄的人来说，有可能会很苦恼啊。你这种说法，岂不跟大我一样吗？"

哇！周一居然敢这样说啊！

他说得完全对，但是说她跟大我一样，这有点过分了。我正这么想着，小瞳反驳道：

"可能吧。但是，你那样插手干涉，有没有想过反而会让阿木为难？难道没有其他更好的方法了吗？"

"啊？"

周一愣住了。

"难不成阿木为此感到困扰了？"

被周一和小瞳一动不动地盯着，我的脸又发烫了。

难道要我说"嗯，我确实感到困扰了"？

"没有，那倒没有……啊，我到家了，明天见！"

我赶紧跑着逃离了现场。

我这人真没用啊！

## 3　绝技

　　昨天一起回家后，我们三人成了好朋友——这种事情并没有发生。我家离学校很近，我经常踩着上课铃声冲进学校，因此，今天早上我并没有在路上遇到他俩。

　　小瞳虽然坐在我前座，但是课间休息时她一直在看书，让人感觉不便跟她搭话。

　　周一坐在窗边最后排的座位上，我与他连目光都不曾交会过。当然，我也一直故意不看周一。

　　我们三人即使偶尔碰到了，也只是轻声问候一下，好像我们的关系也就仅此而已。大概我们三人都喜欢独处吧。

　　虽然我一个人也不会觉得无聊，但是我也不喜欢被人认为是独行侠。因此，我总会跟谁结伴而行。但是要成为好朋友，则需要一些时间。

　　三年级过半时终于和我成为好朋友的人，最终却因为分班而分开了。出校门后，我们两家的方向完全相反，因此我们二人也不曾一起上下学过，相互也不曾去过对方的家里玩耍。两人仅仅是在教室里讲讲话的关系而已，但是于我而言，这已经足够了。

虽然我也希望能与人成为这样的好朋友，但是在这个班级里，从第一天开始就已经形成了一个个小团伙。大概大家都是紧随以前的伙伴吧。

或许我也可以加入某个团伙中，但是我总担心会成为"多余的人"，结果也没勇气加入。

在这个班里，尚未跟任何人组成团伙的好像就只有我、小瞳和周一了。

小瞳见到我或周一，有时会微微挥挥手，或者跟我们打个招呼说"早上好"，仅此而已。她经常在看书。可能那本书非常有趣吧。

今天课间休息时，其他女生好像想邀她放学后一起玩儿，但是她一口回绝道："抱歉，我没什么时间，去不了。"

这些女生从小瞳的座位旁离开后，便立即聚在我身后说起她的坏话来。"该不会是已经在为考试做准备了吧？""真的吗？""一般新班级里有人邀着一起玩儿，不会不去吧？""是呢！"

如果她们偷偷嘀咕也行，但是她们说话的音量跟平时差不多，因此全都一字不落地传入了我耳中。我想小瞳肯定也听到了。

不知为何，我觉得待在这儿有些受不了，于是站起来离开了座位，去走廊上晃悠了两下才回到了座位上。我希望那个女生团伙最好离我远点儿。

然而当我返回时，那些女生依旧站在同一个地方，这次却聊起了完全不同的话题。

不过，与非常在意他人的我不同，小瞳本人好像更沉迷于书籍。

为什么她可以如此我行我素呢？

说起我行我素，周一在某种意义上也特别我行我素。对于看上去与己无关或对己不利的事情，人们都会想与之保持一定的距离，然而周一却会在远处跟你打怪异的手势，有时像巡警的敬礼，有时像V字手势。感觉即使交通信号灯在闪烁，他也会一边挥着手一边穿过斑马线走过来。我一般会适当地点点头，旋即不再理会他。"变红灯了，停住！"慌忙中我常这样示意他，然而他好像压根儿没有注意到。

又到了国语课的时间。老师还没进来之前，我的心已在怦怦直跳了。

讨厌啊！今天我是打头阵的。

没准儿老师会忘了顺序？

然而我心底的这个期望竟然被无情地浇灭了：

"那么，木下君，从第一行朗读到第七行。"当老师这么说时，我的脸已经在持续发烫了。

不过，这次再拖延时间已没有意义。而且，昨天我在家已经进行了无数次的朗读练习。

好吧，赶紧读吧！

我豁出去似的站了起来，努力不打磕巴地、念经似的读完了课文，便赶紧坐下。

嗯，完成得还算不错。

背上的汗一滴滴地流了下来。

"哇！木下，你的脸又红了呢！"

从斜后方传来大我的声音，我默默地低下头做了个深呼吸。

我知道热辣辣的脸逐渐凉了下来。

吃完午饭后，大颗的雨点掉了下来。

"没法踢足球了！"

"咦？真的呢！"

大家在教室里骚动起来。

虽然我不喜欢踢足球，但是我也想出去。我喜欢在花坛旁散步，没有人陪伴时，我就经常这么做。总比一动不动地傻待在教室里好。

看看花儿或虫子什么的，消磨时光。哪儿种了些什么，有怎样的虫子，我基本了然于胸。我将歪倒的花坛标牌扶正，感觉像完成了一项工作似的。

如果下雨就只能待在教室里。因为无所事事，所以我想跟正在看书的小瞳说说话。但是，可能会打扰她吧，那我也拿本书读吧。

当我听着周围嘈杂的声音发呆时，突然大我对我说道：

"木下，来，再红一次脸给我看看啊！红彤彤的脸蛋，超级棒呢。"

"你说什么！"

也许是怒火中烧的缘故吧，被他这么死死地盯着，我的脸却并没有红。

有几个人靠过来,开始嚷嚷:

"让我们看看,看看!"

到底还是害羞了,我的脸又开始发烫了。

"大家快来看木下啊!哇!"

"哦,变红了。"

"厉害!"

我本来想趴在桌子上的,无奈他们的手都放在了我桌上,我没法儿趴下。

"木下,还能更红吧?你这西红柿还没熟哟!"

"哦,很快就熟了!"

"这种本事,在某种意义上也是一种绝技呢!"

在说什么呢？这帮家伙！

然而，本应火冒三丈的我，却不知为何一直在傻笑。可能是因为，如果我因此哭鼻子或发火，反而会遭到他们更加疯狂的戏弄吧。

而且，进入了有许多人的圈子里，也不是令人讨厌的氛围。

本来我只是被他们围住了，但是……

"你们这帮人，像傻瓜一样！"

小瞳转过头来，看着大我他们说道。然而，即使挨说了，大我他们也毫不畏怯。

"是吧，是吧？我们最喜欢干傻事了！"

大我爽快地说道，大家哈哈大笑起来。

恍惚间好像连我也笑了,我感到自己很可怕。

小瞳瞟了我一眼,又把头转向了前面。

此时此刻,大我得意扬扬地环视着大家,可能觉得自己是个明星吧。

"别闹了!"

身后的声音越来越近。

啊,是周一。拜托你给我走开!

"你们不觉得过分了吗?"

周一正了正姿势,犹如救世主一般。

"那什么……"

当大我与周一面对面时,上课铃响了,老师走了进来。

谢天谢地……

## 4　番茄人

第二天，一到放学时间，我就冲回了家。无论是大我还是周一，我都不想跟他们说话。

我从双肩包里拿出钥匙，打开家门进去。没人在家，但我还是决定喊一声："我回来了！"接着，自己又答道："回来啦！"

傍晚六点半之前家里只有我一个人。回到昏暗的家中，如果不能得到一句"回来啦！"的回复，我便会感到些许孤单，不过除此以外都还不错。我决定晚点再做作业，在自己房间悠闲地看看漫画，在起居室看会儿电视或者玩玩游戏，随心所欲地晃悠晃悠。无论做什么我都不会生气，这是独属于我的时光。

妈妈让我把洗好的衣服拿进来，但是我老忘记。偶尔目光触及阳台，看到在风中摇曳的衣服，才会猛然想起来。

当玄关处传来妈妈"我回来了！"的声音时，我会一边回应着"回来啦！"，一边慌忙结束游戏。这是日常的仪式。因为即使我看电视，妈妈也不会生气，但是如果我玩游戏，不知为何却会令她生气。

妈妈对慌慌张张站起来的我说：

"哎，小守，四年级的班级咋样啊？"

我心里一惊。难道老妈洞察到什么了吗？

不会的，这绝不可能。

"呃……马马虎虎吧。虽然三年级时的吉田君和一君都去了别的班级，但是这个班级好像比以前的班级更活跃。"

尽管会暴露，我还是尽力搪塞。不过，我并没有说谎。确实比以前的班级要更活跃。不管怎么说，大我那帮人就经常很闹腾。

"啊，是吗？那太好了！今天爸爸可能也会回来得比较早，我赶紧做晚饭去了！"

妈妈脱下套装，换上了宽松的衣服，麻利地将头发在头顶上扎成一个丸子头，围上了围裙，立即进入了"妈妈模式"。不知为何，我觉得连她的表情都有所不同了。

妈妈从冰箱里取出保鲜盒。因为星期天提前做好了饭菜，平时晚上只需稍稍热一下，或者简单加工一下，就能成为美味佳肴了。

看着做任何事情都能三下五除二轻松搞定的妈妈，我想我可能更像爸爸吧。星期天妈妈会和爸爸一起，把一周的菜肴都做好，然而不论是下指示，还是干脆利落干活的，都是妈妈。

相比之下,爸爸真是笨手笨脚的,经常惹妈妈生气。不知为何,我好像看到了自己的将来,心里有点儿不舒服。

当妈妈说"来帮下忙!"时,我也会帮忙,但是我比爸爸还要笨拙,基本是在帮倒忙。

此刻,妈妈将冷冻的汉堡包摆放在平底锅里,在加热的空当又将豆腐和洋葱切碎做成酱汤,然后又制作沙拉,同时利用间隙时间将空的锅或容器麻利地洗净、收拾妥当。

妈妈就像有无数只手的千手观音一样。

"妈妈,你从小就这样做任何事情都得心应手吗?"

我看着妈妈在忙乎的手,试着问道。

"是啊,我家也是双职工家庭,每个人都很忙呢。同一时间做很多事情,是你外婆教我的哟。在迫不得已的状况下,我做事也越来越麻利了。"

"嗯。不过,有的人即使再怎么努力也没用吧?"

"可能吧,比如你老爸。"

说着妈妈笑了。我本来还想加上一句"比如我",但是我没说。

"那你见到这种人会急眼吗?"

"嗯?"

妈妈停下手来看着我。

"不会呀!"

说完她的双手又开始忙活起来,不知道为何,妈妈的笑容看上去有点儿不自然。

"真的？"

"嗯……有时也会着急，也会情不自禁地对你爸爸发牢骚。但是，这没办法啊。每个人的节奏都不一样。"

"噢……"

"还有比干活麻利更重要的事情呢。"

"是吗？那是啥？"

"嗯——这也因人而异吧？"

重要的事情，每个人也会各不相同。

"妈妈，笨手笨脚的爸爸有哪儿好啊？"

我问道，这回妈妈露出了满脸的笑容。

"呵呵呵，是呢，你爸爸确实做什么事情都慢，但是他做事仔细，值得信赖，而且性情也很温和……是吧？"

做事仔细？我跟他不一样吧？

"爸爸也非常稳重吧？他是做销售吗？必须向人推销商品？"

爸爸在的时候不能问的问题，我试着询问妈妈。

"是呢，虽然他好像称不上是勤奋的销售员，但貌似干得还不错呢。应该有喜欢他的沉稳、会长期跟他打交道的客户吧？你看，有的人觉得能说会道的人不可信赖，所以你老爸跟这正好相反。"

确实是呢，我点了点头。

"这样我就明白了。但是，爸爸没有红脸症……"

这时——

"我回来了！"玄关处传来了爸爸的声音。我有点儿羡慕爸爸，能够享受到我俩的双份"回来啦！"的回应。

转眼间餐盘被摆在了桌上，开始吃晚餐。

我的红脸症是像谁呢？该怎么对付它才好呢？虽然我有很多问题想问，但最终还是错失了机会。很早以前我就想问爸爸，然而至今仍无法开口。

以前我也向妈妈打听过，最终以"谁没有脸红过啊"结束。

即使我说我非常烦恼，他们也认为就像我被蚊子叮咬后夸大其词一样，从而被他们轻描淡写地搪塞过去。

"这种事情，你不用介意，不用介意！长大后慢慢地就不会脸红了。"

但是，我现在确实为此感到苦恼啊！

吃晚饭时，爸爸也向我询问了新班级的情况。

"嗯，还好吧。"

我又撒谎了。

"太好了。今天在学校有什么有趣的事情吗？"

我的脑子里浮现出大我的脸，但是我一边用筷子夹着软软的汉堡包，一边装作在用力切的样子回答道：

"没啥特别的，跟往常一样。"

我抬眼看到爸爸点了点头，他的两个腮帮子被汉堡包塞得鼓鼓的。

"是吗？跟平时一样啊？那就最好了。"

我也将汉堡包塞了个满嘴，鼓着腮帮子点了点头。

我本来想说，是相对于"平时"来说的，但我最终还是忍住没说，而是把汉堡包吞了下去。

其实，继昨天午休后，今天我也遭到了他们的捉弄。

"木下，再给我们展示一下你红红的番茄脸啊！这成为每天的必修课了呢！"

今天课间休息时，大我兴高采烈地靠近我，伙同那几个被我在心里称作"大我帮"的同学一起把我团团围住。

"小木下——"

莫名被这么亲昵地称呼，我反而愈加怒火中烧。

"吵死了,你们这帮家伙,给我滚一边儿去!"然而不知为何我却没有出声,只是暗自轻叹了一下。

我也想过逃走,但是他们迅速地聚集了过来,让我错失了时机。

"快点儿给我变成番茄哟!啊,对了,把你叫作番茄人怎样?多酷啊!是吧?"

大我看了看大家后,向我征询意见。

"呃……"

"很好吧,这名字!"

"大我,这名字好!番茄人,同意!"

"是吧?"

"番茄人,太棒了!"

"不愧是大我!"

别瞎吵吵了!啊——能否放过我啊!

我用手遮住如燃烧一般变烫的耳朵,正欲低头时,那个声音又传了过来:

"你们别闹了!"

"哎,出来了,正义的臭伙伴!"

大我指着周一,摆出了作战的姿势。这时,教室里所有人都被大我夸张的叫声引得爆笑。

没有笑的大概只有我和周一,还有转头望向我们的小瞳。小瞳看了看大我,又看了看周一,似乎想对周一说些什么,然而,她什么也没说。

周一一边向大我走近,一边大叫道:

"田中君,这已经超过了'捉弄',我认为这是欺凌了!"

教室里顿时鸦雀无声。

不知为何,周一的话令我有些不快。

"啊?"

大我举起双手,做出投降的姿势。

"我不是欺凌哟!你不知道吗?欺凌哪儿有这么可爱啊!比如在教科书或笔记本上写恶毒的话,比如将笔盒扔进便池。还有被大家无视,或者把莫须有的事情全都发布在社交网站上传播。像这些坏事才是欺凌吧?而我们这种,只是在开心地玩乐嘛!是很可爱的。"

大我气咻咻地说道。

或许这确实不算欺凌吧?但是,他说是"在开心地玩乐",这也令我如鲠在喉。正这么想着,周一向前迈了一步。

"不对,我认为,欺凌正是从这些小事开始的。"

周一断然反驳道。

"那个,山口!你给我听好!"

当大我开始这么大声说话时,我不禁提高了嗓门对周一说:

"我没事儿!"

我感到我的嘴在胡说八道。

周一用关切的目光征询地看着我。

"阿木……真的吗?"

"真的哟,是吧,阿木?"

大我突然叫我"阿木",让我感到有点儿恶心,不过我还是点了点头。

"喏,你看啊,山口。我们跟阿木是朋友啊,不是欺凌。我们只是稍微欺负他玩玩。阿木这么玩儿也很开心。你不懂了吧?"

我压根儿没觉得开心,但是我决定沉默不语。

周一看了看我,又看了看大我,转身回到了自己的座位。

我的心如针刺般疼。

也罢,这样也好。

虽然我很讨厌被大我捉弄,但是我更讨厌周一对我多此一举的关照。

"那家伙,真是太烦人了!我们只是在玩儿嘛!是吧,阿木?"

大我格外亲热地搂住我的肩膀说。

我想推开,却没能做到。不仅如此,不知为何,我还在傻笑。

连我自己都讨厌自己了,当我下意识地移开视线时,却与转过头来的小瞳的目光不期而遇。

"如果讨厌就说讨厌,只要跟大我说清楚就好。你真的觉得这样玩儿开心?"

小瞳问我。

该不会被我身边的大我听到了吧?我这么担心着,冲她重重地点了点头。此时此刻,这个不想被大我嫌弃的自己真有点

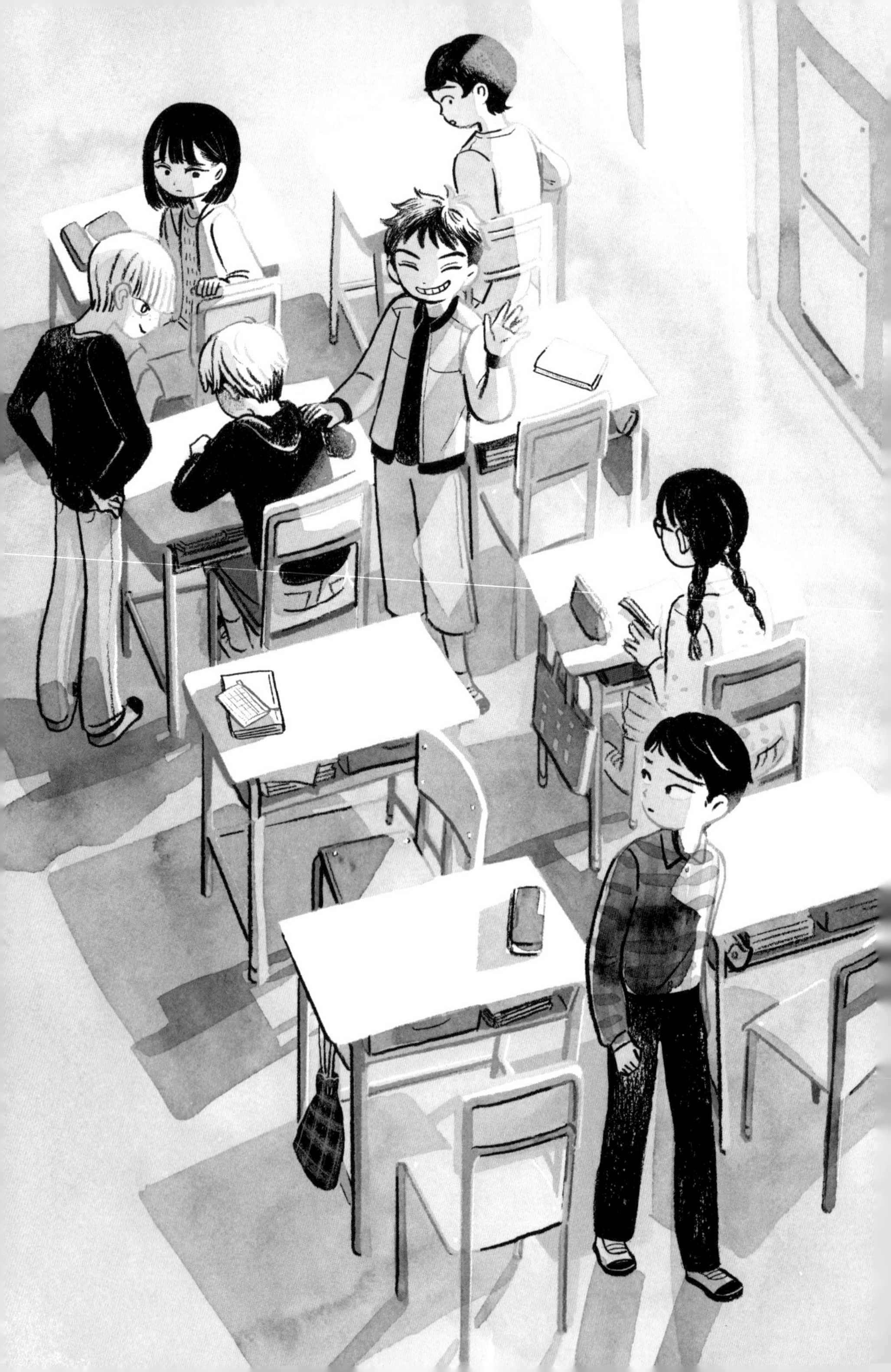

儿冷漠无情。

　　回想起今天这样的一天，我正拿着汉堡包在吃的手不禁停住了。绝不能说过得开心，但是，更不能跟爸爸或妈妈说出实情。
　　而且，虽然事情不是大我说的那样，但是也没严重到欺凌的地步。
　　因为没有什么大不了的。
　　根本没有什么大不了……

## 5　祥和的一天

天气晴朗的星期五。

清晨柔和的阳光与微风穿入教室。

大家说话的声音夹杂着校园里树上小鸟的鸣叫声，令我不由得神清气爽。

多么祥和啊！

自从进入这个班级以来，我好像还是第一次听到窗外的鸟鸣声。

四年级的第一周到今天为止终于要结束了。不知为何，我觉得这一周特别漫长。而且今天有哪儿跟平时不一样。这么说起来，那个大嗓门……

咦？

我转头一看，老师马上就要来了，可是我左斜后方的大我的位置还空着。

"呀！大我迟到了哟！"

"干什么呢,那家伙!"

"要这么说,都这个时间了,大概是请假了吧?"

传来"大我帮"三人的声音。

其中一人好像看了看我这边,又慌忙把目光移开了。

大我休息了?那今天肯定会很安静。

可是我刚松一口气,就听到有人说:

"来玩'番茄人游戏'不?"

我心里一紧。三人的音量大得跟大我一样肆无忌惮,甚至连我都听得一清二楚。

居然被叫成"番茄人游戏"了!

我正怒上心头时,老师进来了,众人慌忙坐回到座位上。

晨会上,"大我帮"的一个人举起了手。

"老师,田中君是生病请假了吗?"

老师轻轻地摇了摇头,回答道:

"田中同学据说是因为爷爷去世了,回他父亲老家了。听说星期一他会来学校,所以请大家安慰安慰田中同学。"

"大我帮"的三人顿时骚动起来,好像他们仨谁都不知道这事儿。

老师啪啪地拍了两下手。

"请安静!那么,今天……"

这有点儿意外。大我和那三人关系那么好,这么重要的事情却没告诉他们。好奇怪呀!

不过,仔细想想,如果是我的话,可能也会这样。去年参加奶奶的葬礼时，我也没有告诉班里的好朋友。不过，那次是周末，所以也没有跟学校请假。

我非常喜欢奶奶，因此我真的非常悲伤，尽管如此，我也没有跟任何人说这事。不知道怎么回事，可能是我不好意思跟人说起这种话题吧。一旦说起来我可能会哭，所以我可能比较讨厌这样。而且平心而论，也有可能是因为我不想破坏难得的快乐气氛。

今天没有遭到任何人捉弄，祥和的一天。

"大我帮"自那之后没再对我做什么，我也没有被老师点名，被大家一动不动地盯着看，因此，一整天我都没有变成过番茄人。

啊！如果每天都这样，那该多么快乐啊！

周一也无须变成正义的伙伴，安静得甚至让人忘了他的存在。哦，只有一次引人注目了。有一道算术题，大家都答不出来，周一举起了手。被老师点名后，当他把正确的解题方法和答案流畅地写在黑板上时，大家都敷衍着嚷嚷："厉害啊！""不愧是学霸啊！"

周一在返回到座位之前瞅了我一眼，然后在很低的位置偷偷地跟我做了一个V字手势。然而我装作没看见。总之，我完全没有弄明白他这个手势的意思。

是"看，我厉害吧"？

是"太好了，我顺利做出来啦"？

还是"大我不在，很和平啊"？

抑或仅仅是打个招呼？

不管怎么说，如果能就此度过和平的一天，星期一大我也不要来学校，那该多好啊！我这么想着。只要那家伙不在，估计"番茄人游戏"就会消失。如果他能一直这样，星期一也不返校，或者干脆转学到其他学校去，那我就彻底解放了。

净想着好事的我，有点儿冷漠无情。其实我知道改变自己才至关重要。

老实说，缺少大我的班级，氛围犹如阴云密布一样。

对于我来说，那家伙不在当然对我有利，但是他不在就不在吧，却不知为何总感到缺少了点儿什么。或许是因为教室里死气沉沉吧。

对于这个班级来说，或许大我是活力的源泉。

## 6 大我的瞌睡

星期一大我返校时，我思忖着是否该跟他打招呼，于是便错失了时机。

我跟他说些什么呢？或许可以说"向你表示慰问"？还是只说一句"请节哀顺变"？不，或许还是简单地说句"真不幸"吧？我从未主动跟大我说过话，因此有些紧张。嗯……

然而，大我像往常一样精神饱满地走向座位，向伙伴们大声高喊"好啊！"，并与他们一一击掌。

"哎，大虎，你终于来了！"

"你不在时，超级无聊啊！"

虽然大我只休息了星期五一天，但是"大我帮"的众人犹如一个月没跟他见面似的，热热闹闹地迎接了大我。

大家看上去很高兴。大我还是很受欢迎啊。不过，好像谁都没有对他说安慰之类的话。

"呵呵呵，大虎复活了！为你们而归来！"

众人爆笑。

怎么回事儿？他好像一点儿都不悲伤。

大我这种大大咧咧的性格，好像很讨大家喜欢。

"我爷爷家在农村，蛇啊，虫子啊，超级多！"

大我没有讲葬礼这个伤感的话题，而是大声说一些有趣搞笑的逸闻趣事。他在众人的注视下，手舞足蹈讲话的样子，犹如搞笑艺人一样。

他说，大人们为遗产继承的事情发生了矛盾，都快要为此大打出手了。然而因为叔叔们喝醉了，所以他们刚一站起来，就像多米诺骨牌一样哗啦啦地倒下了，很有意思。

又说，和尚光溜溜的头上，粘住了一只有双手展开那么大（我觉得这不可能）的超大蛾子。但是因为正在念经，所以谁都不能说，蛾子看上去就像是一个蝴蝶结。在念经时要一直忍住不笑，真够痛苦的。

还说，有一只熊出没在山脚下，当它看到隔壁阿姨惊恐的脸庞时，它也吓得慌里慌张地逃走了。

大家入神地听着大我的话，哈哈大笑起来。我也笑了。虽然不知道他讲的是真是假，但是不知道为何我却听得津津有味。

最终我什么也没对他说，因为大我看上去并不悲伤，因此我也就此作罢。也许是因为他跟爷爷离得远，来往并不多吧。如果不是这样的话，我不清楚他是不是在故意逞强，还是他就是一个迟钝的家伙，即使亲人去世也完全不会悲伤。

不管怎么说，他好像完全忘记了"番茄人游戏"，所以我现在最好不要做什么惹人注意的事儿。

当我松了一口气时，开始上课了。

今天上课周一被点名后，又出色地回答了老师的提问，受到了老师的表扬。

只要是比较难的问题，就只有周一一个人举手，因此，就逐渐变成了必须点周一名的模式。

每当这时，大我就会夸张地起哄："厉害呀，山口大老师！"于是众人也纷纷说"天才！""爱因斯坦呀！"之类的话，教室里闹哄哄的。

"好了，安静！"

直到老师这么说之前，大家一直在七嘴八舌地故意说一些恭维的话。

然而周一却没有羞怯地说"哪儿呀，我没这么厉害"或"没有的事儿哟"之类的话，而是微笑着大大方方地回复道："谢谢！"

大我那帮人听了咧着嘴哈哈大笑起来，而周一仍是一脸懵懂的样子。

是纯真？朴实？还是迟钝？能到这种程度，真是让人艳羡。

每当周一开口说话，我就提心吊胆。他不会又说出什么奇谈怪论，在班里标新立异吧。而且他本人好像对自己的标新立异浑然不觉。

或者我跟那个家伙保持距离才是明哲保身之道。因为我想混在人群之中。就像变色龙似的，周围是绿色就变成绿色，周围是蓝色就变成蓝色。只要变成同样的颜色，就不会引人注目。总之，只要我的脸不变红……

虽然这样不好，但是只要我跟周一在一起，即使我不脸红也会引人注目。因此，当周一向我做出V字手势时，我装作没看到，没有理他。

对他视若无睹，这样做很差劲哪！如果别人这样对我，我肯定会特别讨厌他。我自己也很讨厌自己，但是没办法。在这儿必须不引人注意，不惊动他人，得想方设法屏住呼吸，保持安静。

刚一开始午休，大我便走了过来。我立马摆好了姿势，大我小声对我说道：

"哎，阿木。"

只要是亲密地跟我说话，即使对方是大我，我也会情不自禁地放松下来。

"嗯？"

"山口充当'正义的伙伴'时，很烦人吧？"

我不知道该怎么回答。如果回答是，对周一不好。回答不是，大我可能还会说下去。

"嗯，那个……"

"对吧？咱们得让那家伙明白！"

"啊？什么意思？"

"就是说啊……"

大我面露得意之色，把脸凑得更近。

"我啊，会再欺负你。会特别夸张，比平时还要夸张得多。是演戏，演戏。你不要介意。这样的话，那家伙肯定会再来充当好汉，这时你就对他说'正义的伙伴，很烦人'。"

"不行……那样……"

"行吧？你看，我们只不过是在玩儿。但是，山口却老来捣乱，我们必须告诉他这样很烦人，是吧？"

我不能说是。

但是，如果不答应……当我正在这么思考时，大我大声叫了起来：

"哎，今天到了玩'番茄人游戏'的时间啦！"

咦？我没答应他玩儿呀。

"大我帮"的三人走了过来，开始用手打起拍子来。

"喂！番茄人，我们一直等着呢！"

"快变身吧，番茄人！"

"啊，变红了呢！"

"太棒了，番茄人！"

干什么呢？竟然这样起哄！你们这帮家伙的所作所为真的太让人恼火了！

恼羞成怒的我瞬间被引爆。

我的脸烫得犹如熊熊燃烧的火焰。

周一，拜托你不要来啊！

"哇！比平时还要红呢！"

"真的呢。这番茄人有点熟过头了啊！"

这时，不需要他来的家伙还是来了：

"别闹了，住手！"

周一挺身而出。

"你们怎么还不明白呢?！阿木……木下君不可怜吗？这不是什么游戏，哪儿有这种单方面的游戏呢？这完完全全是欺辱！"

周一……

我心底开始烦躁不安。我好像不是真的被欺负了吧，这只是在……

瞬时我的眼泪差点流了出来，我拼命忍住。

在这种情况下哭鼻子最糟糕了！这绝对不行。

而且为什么一定要哭，连我自己也完全不明白。

这不是真的在捉弄我，而是大我这帮人在"演戏"吧？

然而，为什么我感到这样的自己很可耻呢？

不对。我们是在针对周一。周一说这是欺辱，而且认为我被他们欺辱了。

我是有自尊心的。

"真烦人啊，山口。我们在开心地玩儿呢！"

大我这么说着，推了推我的后背。这是在示意我吧？

无论如何我都不能按照大我说的那样去做。正当我这么下决心时，周一又上前了一步：

"田中君，你要再不停止，我就马上去告诉老师。可以吧？"

咦？

"打小报告？真差劲啊，山口。"

"真的？我才不信呢！"

周一像是没听到大家说的话似的，开始向教室门口走去。

停住，别去！

我不假思索地站了起来。

"山口！能不能别给我添乱?！你这副正义伙伴的架势，真的很烦人啊！"

连我自己都不明白，为何我会这么说。

或许是因为大我要我这么说。但是，也有可能就是我内心真实的想法。一旦报告给老师，那么妈妈或爸爸也会知道吧。因此我希望周一就此打住。因为我爸妈都认为我在学校过得很快乐。

我没有叫他周一，而是特意叫了山口。因为我不想让人认为我和周一关系很好。

周一停下脚步，睁大眼睛盯着我。

"阿木……真的吗？"

我避开他的视线，点了点头。

"好吧，我知道了。"

周一垂头丧气地返回自己的座位。

"看哪，正义的伙伴君哟！"

"真够迟钝的！"

"有点眼力见儿好吧？"

众人开始七嘴八舌地声讨起周一来，大我得意地拍了拍我的肩膀。

"别拍啊，你又不是我朋友！"

我心中这么叫喊着，却只是默不吭声地一屁股坐在了椅子上。

小瞳转过头来，一动不动地凝视着我的眼睛。小瞳的眼睛好像对任何事情都明察秋毫，这种感觉让我吓得一激灵。

不过，我也没有做坏事。这是我的真实想法。确实是给我带来了烦扰。

"什,什么?"

我一定又脸红到耳根了。

"没什么。只是啊……"

"只是?"

"我不知道阿木居然是如此伶牙俐齿的人。所以呀……"

"所以什么?"

"啊,没什么。这是阿木的自由。"

说完小瞳又转向了前方。

我思索着小瞳想说些什么。或许她是想说:"所以,为什么不明明白白告诉大我呢?"然而,我其实并不想对大我说,而更想对周一说。

因为周一的正义感给我造成了困扰,况且这事儿也不至于要向老师告状。

"这是阿木的自由。"小瞳的这句话久久萦绕在我脑中。

我摇了摇头,端正了一下姿势。这事儿就这样了吧。

# 7 正义伙伴的工作

大我那帮人突然不再捉弄我了。

不仅如此,大我早上一见到我,就会"哟!"的一声跟我打招呼。虽然并没有进一步发展到聊天的地步,但是我既没有被他忽视,也没有被他欺负。

这种时候,小瞳会转过来瞅我一眼,却一言不发。她好像想说些什么,却又立马转回去了。

我也隐隐约约地觉得想对小瞳说些什么,却不知道该说些什么好。我讨厌搞得像要为自己辩解似的。

重要的是,我没再遭受捉弄了。

取而代之的是,周一沦为了他们攻击的目标。

虽然这对周一不好,但是因为自己得以解脱,我大舒了一口气。况且周一脑瓜子聪明,也没有红脸症,肯定不会有事。他跟我不同。原本大家也只是要捉弄一下周一而已,并不是要欺负他。

我这么开解着自己，佯装对此一无所知。

装作不知道，这可能比大我之流捉弄人更可恶。尽管我知道这点，但是为了保全自己，我只能这么做。

大家把周一叫作"正义的伙伴"，经常央求他做些事。当然，只是强迫他去做些谁也不愿意做的事情。

昨天也是这样，当一只怪虫子进入教室里时，大家一边逃跑一边故意央求周一：

"正义的伙伴，帮个忙啊！"

周一点了点头，抓起虫子便玩命地逃开。本来用扫帚之类的将其打死即可一劳永逸，然而他却想用两只手悄悄地去捉，所以花了相当长的时间。

"这么恶心的虫子，赶紧把它杀死得了！"

不知道谁这么说了一句，周一站住了。

"它可不是因为你喜欢或讨厌而存在的哟！而且在那只虫子的同伴中，没准它是长得还算漂亮的一只呢！"

他竟然回答得如此高雅。

"没有这回事哟！快点儿杀死它啊！"

又有谁叫了起来，周一便责备起对方来：

"那个虫子，是在努力地生存呢。它并没有对我们做什么出格的坏事。为什么一定要杀死它呢?！"

没错。周一说得完全正确。

但是，不知为何大家却焦躁起来。

"胡说！""真费劲呀！""一大早就开始说教了！""真较真呀！"大家七嘴八舌地说道。然而，议论最终归于平静。

"唉，真是正义的伙伴啊，没办法！"

今天，我比平时早一些到校，只见教室前面围满了人。

"哎呀！"

"鸟要死了！"

大家喧哗着。

"我刚才看到的，这只鸟从走廊的那个窗户飞快地冲了过来，撞上了教室的窗户。可能它没想到这儿也有窗户吧。真可怜呀，快要死了吧。"

我往地板上看了一眼，只见到小小的黄褐色的一团，肚皮向上翻着。

一只既不像麻雀也不像燕子的小鸟，躺在那里已经不能动弹了。

"会不会只是昏过去了？"

有人这么说道。于是有人从工具柜里拿来了扫帚，随意地试探着扒拉了两下。然而小鸟还是一动不动。

"还是死了哟！从刚才一直到现在都没有动呢。"

"啊，流血了！"

"哎呀！"

"山口，你是正义的伙伴嘛，快想办法啊！"

"是呀！快想想办法哟！"

"稍等。"还没来得及卸下双肩包的周一说道。他走到自己座位上放下书包,打开笔记本撕下数张纸,拿在手里走了过来。

众人唰的一下让出了地方。

周一用笔记本的纸包裹着鸟的尸体,一个人向走廊走去。

"那家伙,太厉害了!"

"不危险吗?难道不会透过那么薄的纸触碰到鸟的尸体吗?我可不敢啊!"

"我也做不到。"

"好恐怖啊,肯定会明显感觉得到啊!"

"所以嘛,不愧是正义的伙伴啊!"

大我的这句话,引得大家一阵爆笑。

当大家议论纷纷之时,我偷偷地跟在了周一的身后。

只见周一到了花坛旁,正准备用手挖坑。

我拾起掉落在花坛边缘的一个新标牌,默默地扔在了周一的身边。或许可以把它当作小铲子用吧?至少比徒手刨坑强。本来我应该去帮他的忙,然而我却一言不发地跑开了。

我听到身后传来了一声"谢谢!",但我依然没有返回。

为什么呢?我是在回避什么吧?

是怕被人认为我俩关系很好?

是的。如果被人认为我和周一是一伙的,将会很麻烦。

我偷偷从远处观察了一下,只见周一将鸟的尸体埋入坑内之后,双手合十。

虽然没被任何人发现,但不可思议的是,我的脸居然红

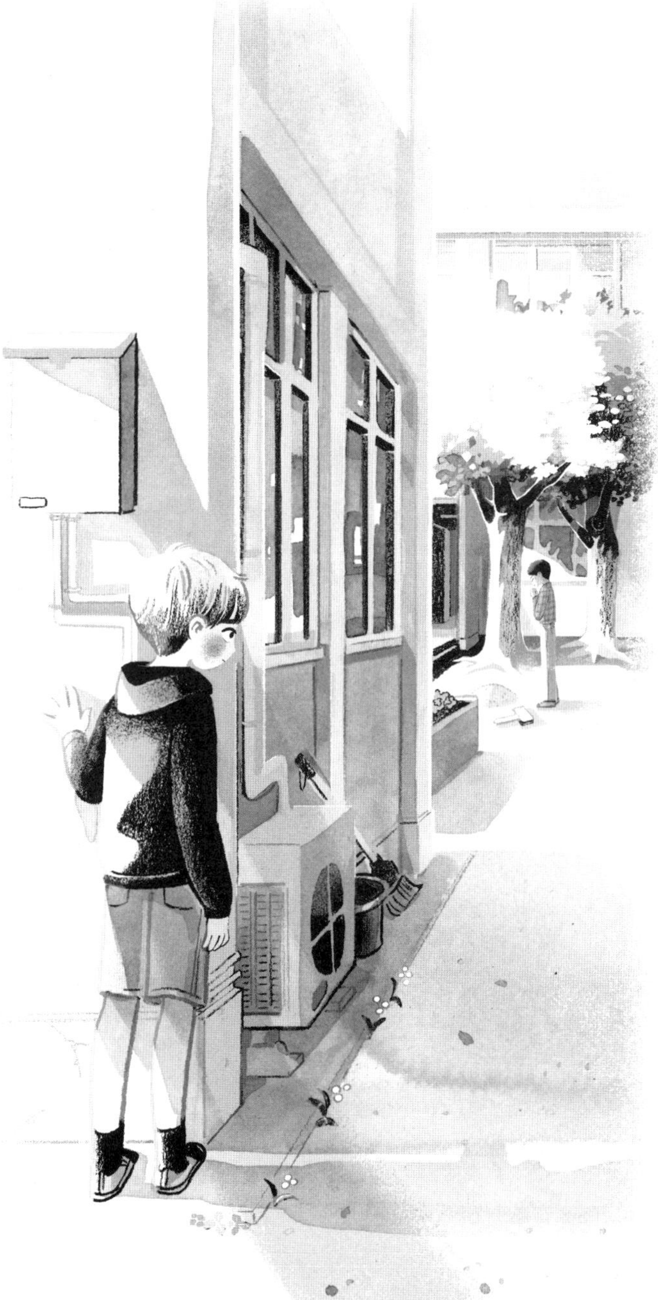

了。我慌忙赶在晨会开始前，回到了教室。

晨会刚开始不一会儿，周一便回到了教室，低着头在座位上坐下。

"山口同学居然迟到了，这很少见呀！"老师看着周一说道。

"是有什么事儿吗？"

"是的……"

周一环视了一眼大家，站直了身子，然后指着走廊和教室之间的玻璃窗说道：

"有只鸟撞在那个窗户上死了，我去把它埋在花坛里了。"

老师大吃一惊，之后微笑着说：

"啊，是吗？那真是麻烦你了。辛苦了！不过，下次有这种事请跟老师说啊！"

"好的，嗯……老师。"

周一把手举得笔直。

"有什么事儿，山口同学？"

"我有个提议。为了不再发生这种事，能否在窗玻璃上粘贴护鸟贴？最近我在电视上看到过，好像挺有效果。"

"啊？什么？那个护鸟贴是什么？"

有人回应道。

"就是为了不让小鸟撞到窗户，在窗玻璃上贴上小鸟的贴纸。我会在职员会议上提一下这个问题。"

老师刚说完——

"那……"周一又立即举起了手,"不用那种卖的贴纸,可以大家一起来制作,再把它们贴上去怎么样?"

"噢——"

教室内一片哗然。

周一的提议真不错!

"确实是呢。山口同学,你的提议非常好!同学们,你们觉得怎么样?"

全班同学几乎都举着手欢呼雀跃地回答道:

"好!"

"那么,明天的学活①时间让我们一起来做吧!"

"此后大家会对周一刮目相看,不再捉弄他了吧?"此时我这么想。

---

① 学活即日本中小学的班级活动,一般一周一次,由学生主导,每期有不同的活动主题。——译者注

## 8　腮腺炎

　　第二天，同学们在学活时间制作了护鸟贴，贴在了窗玻璃上。动手制作时，教室里其乐融融，大家比我预想得更加团结协作。

　　我认为周一真的很了不起。为什么这么说？因为周一的主意使全班同学凝聚在了一起。

　　我相信，自此以后周一的地位将不可撼动，之前的些许不良风气也将一去不复返。

　　然而，事情并没有如此顺利。

　　或许是这种不可撼动的正义感招致了同学们的不满吧。自此以后，同学们每天都会请求周一帮忙做各种各样的事情，而且变本加厉。

　　他们看上去并不只是**请求**他帮忙，倒更像是强迫他做事，尤其是那些谁也不愿做的事情。

　　"谁让他是正义的伙伴呢！"大家以这个堂而皇之的理由

请求周一做事。

就餐时,周一的组里有人把自己讨厌吃的食物强塞给了周一。而且是偷偷地给,没让老师看见。

当他们吵吵闹闹时,我确实听不清离我座位很远的周一小组同学的声音。估计他们是在说"拜托了,正义的伙伴,帮帮忙!"之类的话吧。

我曾看见几个强迫周一做事的同学,在双手合十貌似诚恳地请求了周一之后,偷偷地吐了吐舌头。

周一有时被迫喝下两盒牛奶,有时他的盘子里被人放入了青椒或青豌豆。

如果讨厌,可以说出来嘛。

这不像是以正义定乾坤的周一啊。

抑或是他就想帮助人?

我远观着这一切,每天心情都不爽。尽管如此,我还是既没有勇气去制止他们,也没有勇气去告诉老师,毕竟这也不是什么大事儿。

这种事情每天都在持续上演。虽然并不是欺凌,但如果是我,肯定会厌恶。然而周一好像毫不介意。

出于担心,我会不由自主地寻找周一。在教室的任意一处,有谁在请求周一做些什么事儿。

"山口君,我的橡皮擦没了,借我用一下。"

"山口,我忘带笔记本了,借我一张纸好吗?"

"山口大老师,我忘带作业了,给我抄一下。"

每每这时,周一都会去帮助他人。而受助方也会夸张地说声谢谢,听起来像是故意的。

我的心像针刺一样疼。

"刚才的橡皮擦能还给我吗?"当周一这么问时,有人就会佯装不知地说"咦?刚才我放在桌子上了啊"之类的话。

我也想过发声:

"不管怎么说,这做得有点过了吧?"

然而我没有这种勇气。我像包打听似的竖起耳朵听着大家的对话,偷偷瞟一眼周一,然后沉默不语。

昨天,小瞳邻座的同学想借周一的作业抄时,小瞳对过来给笔记本的周一这么说道:

"喂,周一,你这么做根本不是在帮助人哟!作业是为了自己做的吧?"

这时,周一一脸吃惊地收回了笔记本。

"是啊。抱歉,那……如果你有不明白的地方就问我吧。"

这名同学面露愠色地对周一点了点头,又狠狠地瞪了一眼小瞳。但小瞳佯装不知。

好厉害呀,小瞳这种我行我素的样子。

当周一被老师点名并干脆利落地回答问题后,也会受到大家的夸赞:

"不愧是山口大老师!"

"天才！"

诸如此类。因此，在老师看来，周一在班里只会是受同学们喜爱的领袖型人物。

没准周一自己都没注意到这些。

周一确实学习很好。但我觉得他可以更机灵些。如果过于直率的话，我都纳闷他的脑袋瓜子是不是真的好使。

相反，一直偷偷地混迹于人群中的我，虽然脑袋瓜子不灵光，但是我很狡猾。为了避免卷入其中，我只是一动不动地从远处观望，什么也不做。

狡猾的人是非常令人讨厌的家伙。

与狡猾相比，可能愚直更好。


就这样持续了好多天，某个星期一，周一没有来学校。

老师在晨会上这么说道：

"山口同学得了腮腺炎，要请假一段时间。"

班里的同学互相看了看。

"真的？这个时候得这病？"

"但是腮腺炎呀，水痘呀，一般不都是小时候得的吗？"

"他打了疫苗吧？"

"是呀！"

"不让上学了？"

同学们窃窃私语道。怎么会呢……

"老师！"

大我举起了手。

"这是真的吗?现在得腮腺炎?"

老师点了点头。

"嗯,好像是这样的呢。虽然很少见,但是也有人长大了会得这个病。因为是传染病,所以他至少这个星期是不能来学校了。"

"噢,是腮腺炎呀。"

大我嘟囔道。

难道他有点在意了?应该不至于吧?

我觉得我也想用腮腺炎这个理由不来学校呢。

归根结底还是因为我吧。那个时候我说他"很烦人"……后来又因为他是正义的伙伴，任何事情同学们都让他去做，或许他终于厌倦了……

"已经得过腮腺炎的同学请举手。"

听到老师的问话后，有极少数几个人举起了手。我是其中之一。

"这个班里很多孩子都打了疫苗，因此被传染的可能性会很小吧。不过，为了以防万一，请大家认真洗手和漱口。那么今天……"

放学时，小瞳在我前面数米远走着。眼看就要追上她时，我故意放慢了脚步，尽量与她保持距离。不知何故，我觉得难以开口跟她搭话，所以我只有这么做。

我一边呆愣愣地看着地面一边走着，突然小瞳在我眼前站住了。

我觉得很尴尬，一时犹豫是否要径直走过去。

但是我最终还是放弃了，也停下了脚步。

"抱歉。"

小瞳抱着胳膊看着我。

"阿木，你为什么以这么微妙的距离跟在我身后？"

"啊，对不起，不是，我没有。"

被她这么理直气壮地质问，我一时不知该怎样回答。

"没必要道歉。既然我们走得这么近,倒不如跟我聊聊天,不好吗?"

"嗯。不过,你讨厌跟人聊天吧?"

"啊?"

小瞳睁大了眼睛。她的黑眼珠真大啊,大得令人称奇。

"我……这么说过吗?"

"啊,不是,你没这么说过。但是怎么说呢,比如在课间休息时,你总是在看书或者做作业,好像很忙似的……"

"哦,那是因为我想把从图书室借的书尽快看完。要是在家,我弟弟会很闹,根本没法看书,也没法做作业。不过,走路时也做不了这些,所以聊聊天也没啥不可以啊。"

"哦,是吗?明白了,那下次……"

小瞳开始向前走,我在她旁边跟着。

要是被大我等人看到,会不会又讥笑我呢?这么想着,我偷偷环视了一圈周围。大我他们都跟我的方向相反,而且周围也没有同班的同学。

我松了一口气,不禁有些可怜自己。

为什么我总是这么在意别人的眼光呢?其实我也想适当地改变这一点。要怎样才能像小瞳那样保持自我呢?

我不由得叹了口气。

"我咋感觉阿木你老是叹气呢。"

"嗯,嗯?是吗?"

糟糕。不会暴露了吧?

"嗯。反正我经常听到从后面传来叹气声。"

"哦，是吗？抱歉啊。"

"阿木，你道歉道过头了。再说也没有需要道歉的理由啊。"

"啊，对不起。"

"你看你。"

小瞳抿着嘴笑了，我也笑了。

"好像叹气和说抱歉这个组合已成为我的习惯了呢。"

"可能是。这个习惯有点儿不好，你改一改吧。"

"嗯。我会注意的。"

小瞳又抿嘴笑了起来。

平时看上去冷酷的小瞳，笑起来特别可爱。

"哎，阿木，周一得了腮腺炎是真的吧？"

"我也在想这事。从时间上来看……该不会是……"

"那要是他撒谎，应该也会说普通的感冒吧？所以我倒觉得他是真的得了腮腺炎。只是我有点儿担心。"

我点了点头，逐渐明白了。

"是呀。那咱们该怎么办才好呢？"

"阿木已经得过腮腺炎了，对吧？"

"嗯。"

"那下次是不是可以去周一家看看他？"

"啊，是呢。我们一起……去？"

我鼓起勇气问道。我的脸瞬间发烫起来。

"抱歉啊,我没有这个时间。而且我觉得阿木你一个人去更好吧。"

"嗯……是啊。而且没准儿是因为我……我知道了,我一个人去看他。对了,小瞳你每天好像都很忙,是因为要去上课外培训班吗?"

小瞳面露愠色地瞪着我。

哇,我的脸变得越来越烫了。最近即使被小瞳盯着看,我也不曾脸红过。

"不可能啊。我家现在可没有这么清闲。"

啊?

"为什么?"

"行了,说起来话就长了。"

小瞳咬着嘴唇,低下了头。

## 9　帮助人

三天后，我决定拿着老师给的几张打印资料去周一家拜访。

从学校出来，沿着回家的路在拐角处一直往前走，穿过一座小桥，就来到了立着一栋栋房子的住宅街。由于来过多次的图书馆就在这附近，而且老师给我画的地图也简单易懂，因此我没有迷路。

我家小区附近的孩子经常会在小区那一带大喊大叫，而这儿跟我家小区不同，非常幽静。

我按下了写着山口字样的门牌旁边的门铃。这是我第一次按别人家的门铃，因此稍稍有点儿紧张。

"嗨！"

"啊，上午好！我是周一君的同班同学木下。"

"哇！那个，本来你特意过来看我，应该请你进来的，但是因为腮腺炎会传染，所以不能了……"

"我已经得过腮腺炎了。"

"是吗?那就可以进来吧……啊,为了以防万一,我们还是这样吧。你就在外面跟我说话吧。你看这样可以吗?"

"啊,好的。"

我不禁觉得他好像在回避什么似的。或许因为他妈妈会担心吧,所以他才过于在意。

正当我东张西望时,二楼的窗户哗的一下打开了,露出了周一的脸。

他的脸看上去有点儿浮肿。

"喂,阿木!稍等一下。这儿离得太远,讲话有点儿费劲,我到一楼客厅的窗户那儿去。"

周一立即砰地关上了窗户。

一楼客厅的窗户,应该是玄关旁边的那扇大窗户吧。

我还是应该为之前的那个事情跟他道歉吧?

一楼的大窗户嘎吱一声打开了,露出了周一的脸。

周一的脸变得圆乎乎的,像变了个人似的。我不由得想笑,又拼命忍住了。

"你来啦!"

周一异常惊喜。

事情就是这样的。自从我说他"很烦人"之后,他就遭到大家嫌弃了……

大家那样不请自来地向他索取帮助,也给周一造成了困扰吧。

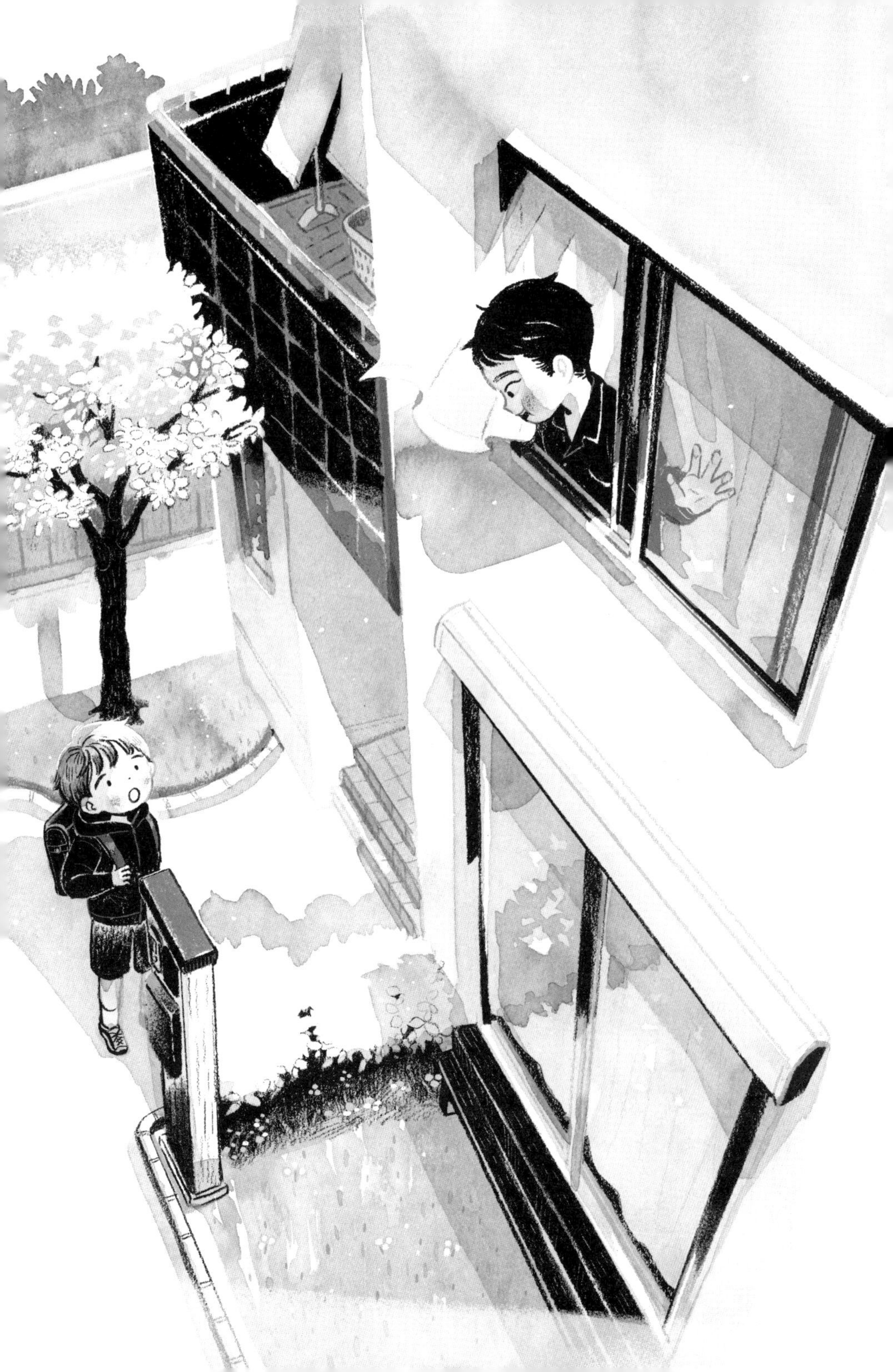

"嗯。打印的资料我一会儿放入邮筒里……那个什么……"

我本来想道歉，却不知道该怎么说出口。

"我已经得过腮腺炎，再靠近一些讲话应该也没问题。不过你妈妈肯定交代过，为了以防万一，我就站在外面说话吧。怎么说呢？那个，我不只是为了送打印的资料才来你家的。"

我这是在说什么呢？

那么，我是为何而来的呢？我也不知道。

"谢谢。你也看到了，我的脸胖胖的。而且我还在发烧，医生说下周一之前都禁止上学，所以我最近都不能去学校。"

"是吗？不过你看上去特别精神。"

"谢谢。好像没什么大碍。"

"那个什么，在学校……"

我本来想好好说清楚的，然而我的脸突然发烫起来。

"啊，对了，在我埋小鸟尸体时，谢谢你把花坛的标牌递给我。真是帮我大忙了。我居然用手刨坑，真是太没脑子了。"

周一本想微笑下，却因为脸浮肿，不能自如地笑了。我不由得笑了起来。

"这脸很古怪是吧？"

"啊，对不起，我笑了。不对，实际上……"

"什么？"

被他这么追问，我愈加感到难以启齿。

我做了下深呼吸，一边盯着自己的运动鞋鞋尖，一边说道：

"这……这一段时间……对不起，我说了你很烦人……"

"啊。"

之后，隔了一会儿。

我焦虑地抬起了眼睛。

"那个事情啊。"

周一微微歪着头说道。

"对不起。你本来想帮我的，我却那么说。不过啊……"

"没事，我都没介意。只不过我没想到会给你造成困扰。我只是想尽力制止他们而已。"

"嗯。"

"不过，如果还发生严重的事情，即使可能会给你造成困扰，或许我也不会保持沉默。"

啊？

我有点儿扫兴。

怎么回事？为什么我好像还是觉得不对头？

"这些我也明白，但是怎么说呢，你这样，归根结底是……"

我有点儿疑惑，不知道该不该说。

"归根结底？没事，你最好清清楚楚地告诉我吧。"

"嗯。自我……"

"自我中心主义？"

073

我轻轻摇了摇头。

"不是,怎么说呢,感觉像是为了自我满足。"

"啊?自我满足?"

"已经不用说了吧?"我想,只见周一重重地点了点头。

"嗯,或许跟这类似。但是,如果大家对轻微的捉弄或欺负无动于衷,那么事态就会迅速升级,变得非常棘手。"

我只是略微点了点头。

我明白他的心情,因为我也不希望事情变成那样。但是——

"所以,我想趁着它还没长大,把这颗坏种子扼杀在萌芽阶段。一旦它长大了,那就无济于事了吧?"

我的脑子不停地转着,想尽力捋清纷乱的思绪,但是反而好像更加摸不着头绪了。

"或许是这样吧,但是……"

我思考了一会儿,终于这么说道。

"这些都是老师说的吧?"

"不是的,跟这个没关系。只是因为我讨厌。"

"……"

"可能我错了吧?"

我觉得并没有错。但是,总觉得有点儿不对劲。

比如当时现场的气氛,他所袒护的人的立场,等等,这些周一都不在意吧。

"虽然我觉得没有错……"

"是吧？"

他说。

"嗯。不过，你犹如正义伙伴般的态度，对于受保护的人来说，有点儿过了。"

"啊，是吗？那真是对不起。"

他这么真诚地跟我道歉，我不禁觉得自己像个坏蛋。

"只要你明白就行了。"

"嗯。不过，你说的事我从没后悔过。"

看着周一自信满满的表情，我一下子急了。

"那你给我道歉岂不毫无意义了？经你那样瞎掺和，事情只会闹得更大呢！本来只是小小的调侃或捉弄，却搞得听上去我好像真的被欺负了似的。所以，这对我反而造成了困扰，真的是困扰……"

"阿木。"

周一突然特别认真地喊了我一声。

"嗯？"

"这些我都明白。但是，那样的话岂不是什么都改变不了？"

"啊？"

"尽管阿木被捉弄后能够淡然处之，但或许有人在遭到捉弄后受到的打击会非常大。这种行为我们称为活跃气氛也好，称作强势欺凌也罢，我就是想改变它。"

"那你还是要做正义的伙伴？"

"嗯。或许是我多管闲事，但是只要还发生那种事情，我依然会出面干预的。"

我无言以对。

我默默地思考了一会儿之后问他：

"为什么你会这么想做？"

"不知道。或许我是想尽力消除不好的事情吧。也许我什么都改变不了，但至少比什么都不做要好些吧。"

"……"

"也可能像阿木说的那样，我只不过是自我满足而已。"

我不相信周一说的话。

周围的气氛都变得对他那么不利了，他居然还会做？

"呃……你听我说，这次他们不就对周一你使坏了吗？难不成你没注意到？"

"啊，嗯，老实说，最初我还真是不知道呢。不过，他们央求我做的事情太多了，我才觉得有点儿奇怪。"

"那为什么你讨厌却不拒绝呢？甚至还有人让你吃他的配餐吧。"

"那是因为他看上去好像挺为难的。"

我轻轻叹了口气。

"难道你真的想当正义的伙伴或超人？"

周一扑哧一声笑了。

"我喜欢正义。"

"你说什么呢？他们那样一定是故意的，而且助长他人挑食的风气，不可笑吗？"

"但是，那是因为他说了喝牛奶会恶心啊。"

"青豆呢？"

"嗯，那是……"

"这不只是挑食吧？"

"嗯，是呢。下次他们再找我帮忙，我一定拒绝。不过，不管怎么说这都不是什么大事。不论是牛奶还是青豆，我都喜欢吃。"

"欺凌始于微不足道的小事，说这话的是你吧？"

我冷眼看着周一。

"是的。我明白了。"

"你真的明白了吗？那你认为为什么会变成这样呢？"

我决定清清楚楚地告诉他。

"是因为你做正义的伙伴做过头了，很招人烦。所以你最好停止充当什么正义的伙伴。这样大家才能完全接受你，才会停止对周一你使坏。"

但是周一微笑着端正了一下姿势。

啊，还是老样子……

"没关系。我不怕人使坏！"

我再次深深地叹了口气。

感觉我俩的对话没有取得丝毫进展，我唯有叹息了。

我想，说什么都白搭。

"真顽固啊。"

"嗯。我知道。"

我俩陷入了短暂的沉默。

之后我把打印的资料塞入身边的邮筒里,嘟囔道:

"不管怎样,我的事情,请你别再干涉。"

"噢……"

"那我走了啊。"

"啊,谢谢你来看我。"

我没再看周一一眼,便转身向家里走去。

# 10　周一来了

第二周的星期三，一别多日的周一终于来了学校。

"早上好！"

刚走进教室，他便大声跟大家打招呼。当他从黑板前经过时，他朝我这边抬了抬手。我也微微抬了抬手，便赶紧趴下。接着周一便快步向窗边最后排的座位走去。

看到他这大摇大摆的姿态，我把脖子缩了起来。

他究竟是哪儿来的那种自信啊！

大家都默默地盯着周一看。

午休时，大我马上凑过来说：

"哎，阿木。"

他显得格外亲昵，这让我有了不好的预感。

"你觉得那家伙，放弃做正义的伙伴了吗？"

"不知道。"

我嘟囔道。

"那家伙很久没来学校了,反而显得更精神了。"

"因为腮腺炎好了吧。"

"真的得了腮腺炎啊?"

"嗯。我去给他送打印的资料时,看到他的脸肿得胖胖的,所以肯定没错。"

"什么……是吗?不过我觉得有点儿倒霉啊。"

难道他在担心?

大我转头看向周一。

"哎,那家伙今后仍会做正义的伙伴吧?"

"嗯……我对这个没兴趣。"

"要不我们试一下看看?我再捉弄捉弄你。"

我大吃一惊地抬头看着大我。

"为啥?"

"为了验证那家伙会不会来救你。放弃救人的正义的伙伴,就没有资格当英雄了吧?"

大我笑着嘭嘭拍了拍我的背,看上去他心里很高兴。

"反正必须坚持到最后才是正义的伙伴吧?应该风雨无阻!"

大我这人,究竟在想些什么啊?

"你不是讨厌正义的伙伴吗?"

"非常讨厌呢。又多事,又没有眼力见儿,真是很烦人。但是啊,我也不喜欢他半途逃跑啊。他要是来了我就教训他,他要是不来,我会生气,所以也要教训他。"

我不由得扑哧笑出声来。真是个古怪的家伙!

"姑且认为他不会再来吧。因为我去了周一的家,明确告诉了他。至少我的事儿他应该不会再管了。"

"嗯。"

大我偷偷地瞟了一眼周一那边,把脸靠近了我。

"不过啊,因为是那家伙,所以即便这么说,他也有可能会多管闲事呢。总而言之,那家伙只是沉迷于此,有英雄情结。至于你的心情之类的怎么样都行。他虽然看起来很聪明,但其实很愚蠢呢。"

"……"

"喂，咱们打赌吧。那家伙绝对不会吸取教训，还会来充当正义的伙伴。咱们打个赌，阿木？"

"啊？怎么可能？"

我本想这么接口，但是好奇心瞬间从我大脑的角落里掠过。

周一真的会把正义贯彻到底吗？

即使对班里的气氛有所察觉也能完全置之度外？

"没关系。我不怕人使坏！"那时他说的这句话，或许是真的吧。

我这么思索着，没有答复大我。大我说：

"好，阿木赌他不会做是吧？那么，输了的上交一块橡皮擦。喂，我们得做得夸张些，你一定要好好演啊！不然的话，正义的伙伴、超级英雄没准就不来了呢。"

大我刚跟我嘀咕完，就突然大叫起来：

"糟了，阿木！大清早的你怎么就脸红了？不会是染上腮腺炎了吧？"

我根本来不及反驳，大我那伙人就开始你唱我和道。

"腮腺炎？"

"变身为番茄人了吧？"

"糟了，番茄人得腮腺炎了？"

众人都乐呵呵地看着这边。

这帮家伙，尽管说是演戏，却似乎玩得不亦乐乎。

"好棒啊，番茄人！"

"熟透了的番茄人！"

"腮腺炎番茄人！"

看着他们这样嬉笑怒骂，感觉这已经不是在演戏，而是真的在捉弄我。

有什么值得他们这样高兴？这帮家伙！

我的脸开始发烫。

我既不觉得害羞，也没觉得恼火，然而我的脸却犹如燃烧一般在逐渐变得滚烫。

"周一，可不要来多管我的闲事哟！"我刚这么祈祷着，"快像正义的伙伴一样行动吧！"这样的祈求又闯了进来，我心乱如麻。

这时——

"你们！"

啊，还是来了哟！

真是顽固啊，这家伙。他对班里的气氛一点儿眼力见儿都没有。被大家那样使唤，还不吸取教训吗？我明确说过了我烦他帮我，他还要这么做吗？

我去看他时，他说的"没关系。我不怕人使坏！"，难道真的是他的真心话？

我深深地叹了一口气。

大我瞅了我一眼，偷偷乐了。正如大我所说，他真的很愚蠢呢。周一是个大笨蛋。

接着，我不知为何又想笑。虽然我对周一感到很吃惊，但对他的敬意油然而生。

真棒啊，周一。

回来了，正义的伙伴。

英雄仍在。

"别捉弄阿木了！"

快步而至的周一站住，挺直了腰。

"噢！你还要多管闲事呢，讨厌的正义伙伴！来惩罚我这个大虎啊！"

尽管大我用这种戏谑的语调说着，周一仍一脸严肃。

"别闹了！"

周一责备似的说道。这次大我也停止了戏谑的语调，露出了吃惊的神色。

"完全不合群的家伙！真是迟钝呢。阿木不是已经说过了吗？让你别管他。你只是想引人注目才充当正义伙伴的吧？"

我以为周一会反驳他，然而不知何故周一却点了点头。

"或许是吧，或许我是为了自我满足。即使这样也没什么，因为我不可能保持沉默。"

今天的周一比以前更加义正词严。而平时本应煽风点火的"大我帮"成员，也只是一声不吭地来回看着他俩。

"别说得那么冠冕堂皇！你倒是看清点形势！形势！你越充当正义的伙伴，阿木就越感到困扰，大家也越觉得烦……"

"够了，没什么不好！"

我站起来大叫道。

众人的视线全都聚集在我身上。

我的脸逐渐发烫。

不过，这都无所谓了！

在我心底堆积已久的东西好像瞬间爆发了。

是火山喷发。火山喷发！

"大我。"

"干……干吗？"

大我吃惊地看着我。

"不好吗？正义的伙伴，多帅啊！无论是谁都想当，只是没有勇气当呢。而且，看不清形势也没什么。怎么说呢，归根结底你是想引人注目吧？为了有人气，通过捉弄人来逗人笑，这种目的才狭隘呢。原本啊……"

我一鼓作气说了这么多，讲得口干舌燥，心脏怦怦直跳，脸发烫。但是，我吞了一口唾沫，继续说道：

"我的脸无论是红是绿还是黄，这又不是病，本来也没什么，不值得起哄吧？而且我们又不是幼儿园的孩子，'番茄人游戏'是什么玩意儿？不管怎样，我已经听烦了，大家也不觉得有什么可笑！"

自出生以来，我头一次在众人面前说出了自己想说的话。

真是酣畅淋漓啊，不吐不快。

啊，没准我在班里已无立足之地了……

鸦雀无声的教室里突然响起了声音：

"我赞成阿木说的话！"

啊，是小瞳。

"我也赞成！"

周一把手举得高高的。

一片沉寂。

众人张口结舌地来回看着我、小瞳和周一的脸。

"哼！你也是正义的伙伴吧？！"

大我皱起眉头说道。为了缓和气氛，我立马说道：

"大我也来当吧？"

紧接着就像往常大我对我一样，我试着轻轻地拍了拍大我的肩膀。

这需要非常大的勇气，事已至此，我已彻底改变了我的态度。

大我不可置信地看着我。

"别开玩笑哟！我可是世界上最强的反面人物、摔跤选手大虎呢！正义的伙伴之类的，我当不了。你们三人都将是我的对手！"

众人哈哈大笑，这时，老师走进了教室。

"好了，开始上课。请坐下。"

大家慌忙落座。

我回头望向斜后方，扔了一块圆圆的小橡皮擦过去。大我一把接住，发牢骚道："破橡皮擦！这是奖品吧。"我笑了。

突然，我看到他前面窗边的座位上，周一正看着我这边，

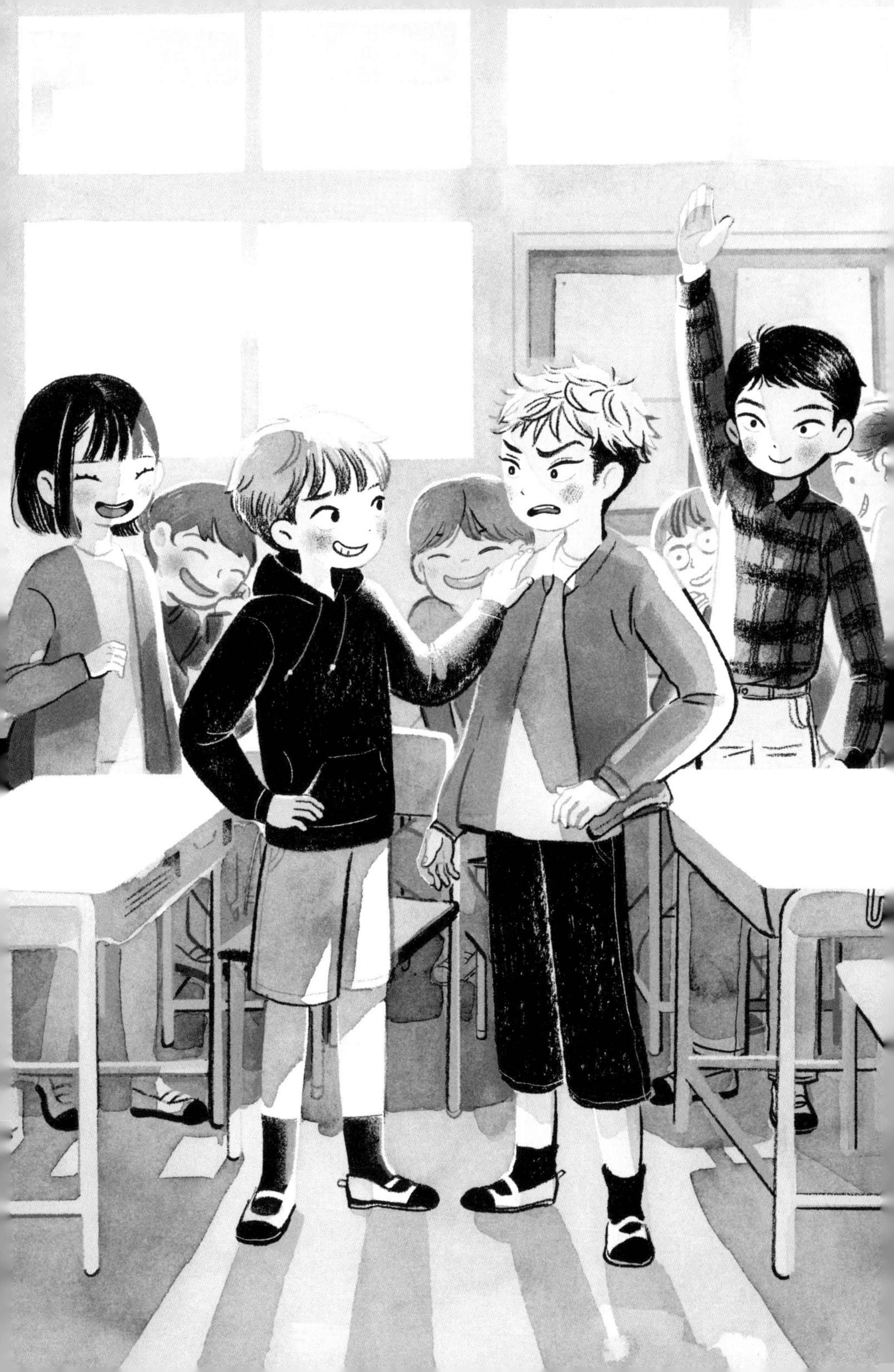

给我做了一个V字手势。

别这样，好害羞啊！

不过我还是给他回了一个V字手势。

大家也似乎在躲躲闪闪地看着我这边。自刚才起我的脸就一直在发烫。不过，就这样吧。这种事情管它呢！

"没什么大不了的。"

我自言自语着，感到热气嗖的一下，从火辣辣的脸庞上消散了。

## 11 只需要一点点勇气

回家的路上,我和周一、小瞳并排走在一起。不用谁说,自然而然地我们就这样走在一起了。

"刚才抱歉啊。你都叫我别管了,我最终还是忍不住想说。不过,阿木对田中君说得那么清楚,让我大吃一惊呢!"

周一高兴地说道。

"嗯,我也很吃惊。"

"没有啦,其实周一的出现也给我造成了困扰,不过呢……"我如实地说道。

"不过,如果正义的伙伴从这个世上消失,那该多寂寞啊!"

小瞳笑着拍了拍我的肩膀。

"你说的话真有趣。话说回来,阿木刚才真的很勇敢啊!那个大我都招架不住了!"

"嗯,其实平时我有很多话想说。只是一感受到大家的目光,我就会脸红,说不出来了。"

"这是吹什么风了?"

"呃……或许是改变自我了吧。小瞳,你不是说过吗?没什么大不了的。我觉得真的是呢。而且大我也没有我们想象中那么可怕,只能说是有点儿坏吧。我是这么想的,所以才能把我所想的全都说出来。"

小瞳笑眯眯地点了点头。

"阿木是正义的伙伴2号!"

我把头摇得跟拨浪鼓似的。

"讨厌啊!我可没这么厉害呢!只是感觉有点儿像堆积在我心中的岩浆终于喷发了一样,必须现在就说!好像是这样。我是不是变成了熟透的、腐烂的番茄的颜色?"

两人哈哈大笑。

"小瞳、周一,谢谢啦!谢谢你们赞成我说的话。"

第一个为我助威的是小瞳。这么说来,她明明知道跟我一起就会和大家决裂,却仍为我发声。

"不是说客套话哟!那些都是我的真心话。说你是正义的伙伴并不是说漂亮话,只是忠于自己而已。"

"忠于自己?"

"嗯。我讨厌那种,明明违背了自己的本意,却因为在意周围的人而与他们一起点头,一起嬉笑怒骂,一起捉弄人……"

"啊,见风使舵的家伙对吧?我也讨厌呢。"

周一也微微点了点头。

"是吧？如果忠于自己的内心，却遭同伴排斥，那一个人也没什么。这是我迄今为止学到的道理。因为我受妈妈工作的影响，转校过两次。"

还是小瞳厉害。

我觉得我无法做到这样。

"这样啊……小瞳，你真棒啊！"

"不棒哟。"

小瞳停下脚步看着我。

我也停了下来。

周一往前走了好几步，又慌忙走了回来。

"我不如周一棒。所以即使认为班里同学做错了，我也没能制止他们。只不过没有跟他们沆瀣一气捉弄人而已。"

"是这样的。不过,不跟他们同流合污就已经很棒了。像我这种人,就随波逐流了。而小瞳和周一能特立独行,这让我感到吃惊。"

"啊?我特立独行?"

我和小瞳对着周一点了点头。

"嗯。周一是特立独行,非常棒!我还达不到这个程度。我也讨厌强硬地拉帮结派。所以我独来独往。而且,像周一那样完全无视周围的气氛,众人皆醉我独醒,我还有点儿做不到呢。所以我成为不了正义的伙伴哟!"

周一缩起了脖子。

"我倒没有完全忽视周围的气氛啊。"

"不会吧?周一你难道并不是不会察言观色,而是不想察言观色?即使被误会还是要鼓足勇气打破那个气氛?"

在小瞳的刨根问底之下,周一歪着脑袋说:

"嗯……也许是吧。"

小瞳看着周一笑了。

"简直没法说你了。你究竟是愚直呢,还是真的勇气可嘉?"

我附和道:

"不愧是正义的伙伴啊。"

"呵呵,是呢。我也这么认为。"

我们三人笑了一会儿。

当拐角处出现在眼前时,我稍稍放慢了脚步,决定问一下小瞳那件令我念念不忘的事儿。

"哎，小瞳，你没事吧？为什么说你家的事儿说来话长……"

"啊……"

小瞳微微低下了头。

"没，没事儿，不过……"

"如果可以的话，就告诉我们吧。我们只做个倾听者。"

虽然只是说这么一句话，我却挺需要勇气的。

不过，今天的我，无论如何都要做出转变。

沉默了一会儿，小瞳轻轻叹了口气。

"但是，即使说了，可能也解决不了任何问题呢。"

"是吗？但是，你说了或许心情能好一些呢？不过，倾听对象是我，我可能不太可靠吧？"

小瞳瞅了我一眼。

"啊，可能我们也帮不上任何忙，但是如果只需要我们倾听，那我也非常乐意！"

走在前面的周一转身向我们走了过来说。

"嗯……其实是我妈妈住院了。虽然已经出院，但是状况还不太好……"

"啊?！"

我们没有想到事情如此严重。

"我爸爸不在家，所以奶奶从农村过来帮忙。但是，爷爷腰不好，所以妈妈出院没多久奶奶就立即回去了。保姆每周会过来一次，其他时间都必须由我来照顾妈妈。但是弟弟要么要我跟他玩儿，要么喊肚子饿，只会发牢骚。"

我想象着每天在家里帮忙的小瞳。

像红脸症这类的烦恼，显得多么可笑啊？小瞳自己还是个孩子，却要照看弟弟。

我不禁突然感到很内疚。

当我正在为微不足道的小事而烦恼时，小瞳却面临着多么巨大的困难啊！尽管没被任何人看见，我却感到羞愧不已，我的耳朵变得滚烫起来。

不过，不管它怎样都无所谓了。

"是吗？那对于小瞳来说，我的红脸症之类的事儿确实显得不值一提啊。抱歉！"

小瞳耸了耸肩。

"感到抱歉的应该是我。那时，我的事情特别特别多，忙得我每天都快要哭出来了。与我相比，任何人都比我幸福。所以我有点儿乱发脾气。不过，妈妈也一点点好起来了，所以不要紧了。而且，对于我来说怎么样都无所谓的事情，可能对阿木来说却非常憎恶。或许我也挺迟钝的。"

"嗯，真是迟钝呢。"

小瞳啪地拍了一下周一的双肩包。

"我不想理你了。"

"那跟我一样吧？"

"不一样。"

"类似哟！"

看着他俩你一言我一语地这么说着，我觉得挺逗的，于是我笑了。

接着我开始思考，我能否为她做些什么。我既不会做饭，做什么也都不得要领，但是肯定有我能够做的事情。

"哎，小瞳，有什么需要我帮忙的吗？我既不用去上兴趣班，也不用去上课外辅导班，比较清闲。"

"嗯。"

小瞳站住了。

"那什么，你不会像我婶婶她们那样吧？嘴里说'啊，真不容易呢。要是有什么事儿尽管说啊'，但是当我真的央求她们帮忙时，她们却一脸不高兴。"

小瞳的眼睛既像是在轻轻责问我，又像是抱着些许期待。

"啊，不会哟！不会这样的，真的。只是我不知道能否帮上忙……"

小瞳静静地看着我。

"啊，除了星期二和星期四以外，其他时间我也闲得很。"

周一又把手举得直直的，然后说道。

小瞳看了看我，又看了看周一，微微眯起了眼睛。

"真的……可以请你们帮忙吗？"

"可以啊！"

我和周一异口同声地答道。于是小瞳露出了从未有过的灿烂笑容。

"谢谢！那……"

她会请求我们做些什么呢？说实话我有些忐忑。我能否胜任呢？

"我有个五岁的弟弟……"

"是吗？我接送他上托儿所怎么样？"我为之一振地提议道，小瞳笑了。

"弟弟的托儿所不允许小学生接送，所以弟弟朋友的妈妈会帮忙接送。不过问题是在这之后呢，弟弟一过四点就回来了，他特别闹呢。如果他在家里跑来跑去，或者是我在做家务时他老缠着我，会妨碍我，也很危险。所以要是你们能帮我带他玩儿就好了，比如去外面踢踢足球啥的。偶尔带带就行……"

我发现我和周一不约而同地竖起了大拇指。

令人奇怪的是我俩总会不谋而合，这不禁让人感到有些害羞。

"如果是跟你弟弟玩儿，我可以！"

"我也可以和阿木一起带他玩儿！"

小瞳好像松了口气。

"帮我大忙了。之后让他洗澡、吃饭，看他喜欢的动画片，那家伙立马就睡着了。现在我画地图！"

小瞳从双肩包里拿出铅笔和笔记本。

"那我们干脆今天回家放下书包后就去吧！"

"是呢，阿木，我俩碰头后再一起去小瞳家吧。四点在中央公园见可以吗?"

"嗯,好的。"

我和周一这么相邀着,小瞳从笔记本中抬起了脸。

"那我也去公园吧!我家就在中央公园旁边,弟弟回家时也会穿过那儿。"

我们互相点了点头,暂时分开了。

"那一会儿见!"

"嗯,待会儿见!"

"再见!"

我们并不算特别要好的朋友。在一起时不一定很快乐、很轻松,在教室里也不经常黏在一起。

但是,这也没什么。

因为有比这更重要的事情将我们紧紧相连。

要问那是什么,那大概就是——勇气。

如果稍微勇敢一点点,我觉得我也能成为"正义的伙伴"。

我们相互大声说着话,渐行渐远。

我一边笑着一边拐弯而去。

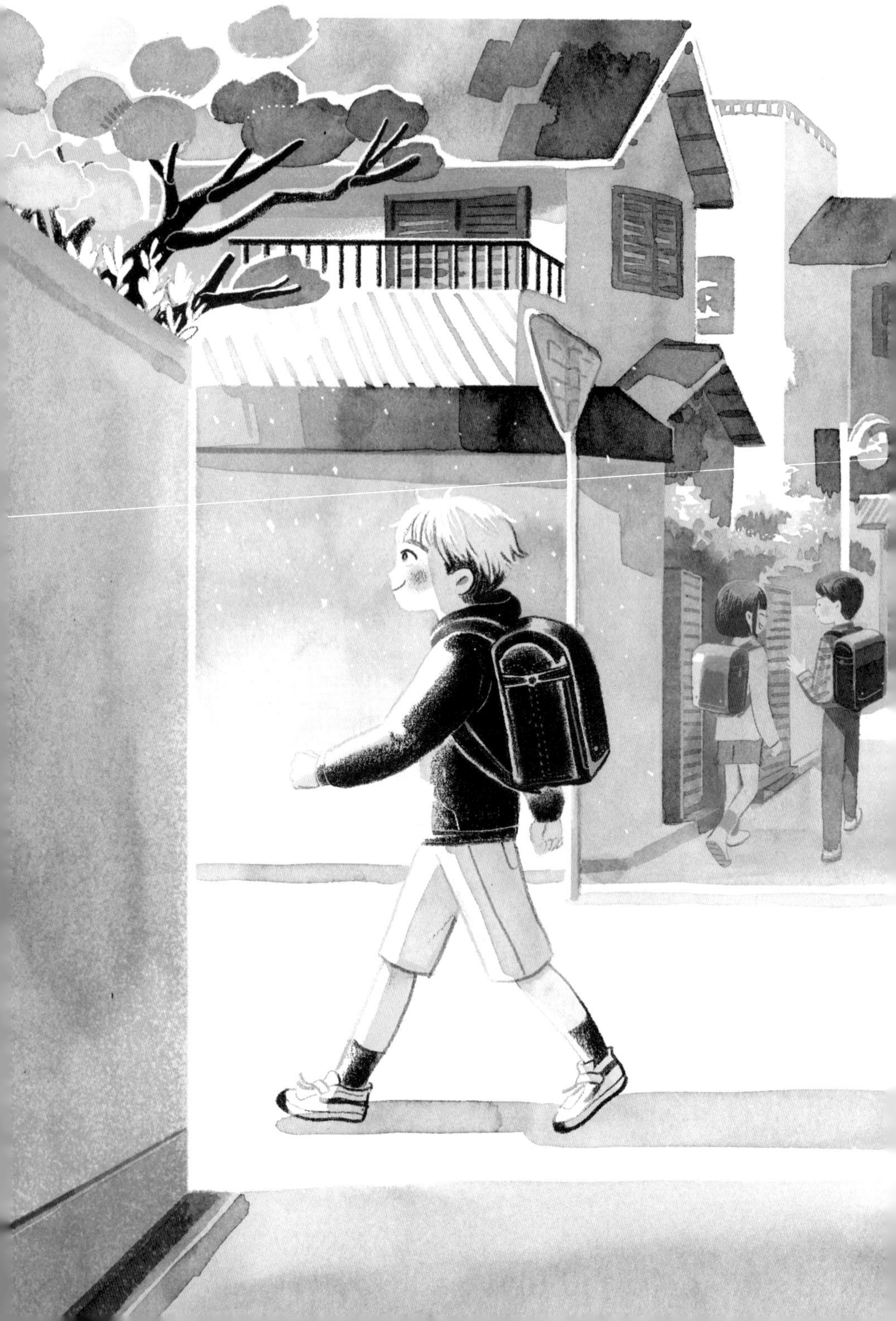